Leaves
Publishing

根
以讀者爲其根本

莖
用生活來做支撐

葉
引發思考或功用

果
獲取效益或趣味

親子互動嬉遊書4

詩經風雅輕鬆讀

芳芳 著

向日葵 SUNFLOWER

親子互動嬉遊書❹詩經風雅輕鬆讀

作　　者：芳芳
出 版 者：葉子出版股份有限公司
企劃主編：萬麗慧
文字編輯：鍾小英
封面、內頁繪圖：王達人
美術設計：蔣文欣
印　　務：許鈞棋
登 記 證：局版北市業字第677號
地　　址：台北市新生南路三段88號7樓之3
電　　話：(02)2366-0309　　　　傳真：(02)2366-0313
讀者服務信箱：service@ycrc.com.tw
網　　址：http://www.ycrc.com.tw
郵撥帳號：19735365　　　戶名：葉忠賢
印　　刷：上海印刷廠股份有限公司
法律顧問：煦日南風律師事務所
初版一刷：2006年3月　　　　新台幣：300元
ISBN：986-7609-81-6

國家圖書館出版品預行編目資料

親子互動嬉遊書4--詩經風雅輕鬆讀 / 芳芳著. --
初版. -- 臺北市：葉子, 2006[民95]
面：公分
ISBN 986-7609-81-6(平裝)

831.12　　　　　　　　94017157

總 經 銷：揚智文化事業股份有限公司
地　　址：台北市新生南路三段88號5樓之6
電　　話：(02)2366-0309
傳　　真：(02)2366-0310

※本書如有缺頁、破損、裝訂錯誤，請寄回更換

語文基礎從小扎根

我們時常感嘆新世代的語文能力大不如前，一篇作文詞不達意、錯別字連篇，令老師擲筆長嘆，不知從何改起，已讓教育界人士共同懷憂，不禁大聲疾呼「重視國語文教育」。但是身處在二十一世紀，各類資訊日新月異、五光十色，令人目不暇給，哪有時間去從事需要慢慢沉澱、細細思索的紙本文字閱讀呢？

然而，大家也清楚良好的語文根基來自閱讀，閱讀習慣的養成則需從小培養。

閱讀的誘因絕非來自考試，那只會降低，甚至喪失閱讀的樂趣。如果在孩子啟蒙期，接觸到的是活潑的文字、有趣的內容、精美的插圖，則閱讀將有如甜美的糖果，吸引孩子一步步的探索，進而走入文學的花園。要在孩子的認知經驗中，讓閱讀成為輕鬆愉快而且是自然而然、自動自發的學習過程，而非無趣、乏味、避之唯恐不及的負擔。

由於對文學的喜好，大學我讀的是文學系，畢業後所從事的也都是文化工作。在全國唯一為兒童設計、語文要求嚴謹、大力推廣閱讀的國語日報工作，十多年來我發現喜愛寫作的小朋友還是不少，而且屢有佳作。可見只要讓閱讀成為一種生活習慣，在潛移默化之中，語文根基自然扎得穩；而語文基礎扎得穩，思考暢通，學習其他學科也就不會太困難。

中國文學浩瀚博大、源遠流長，但是古文未必艱深難懂，古人也可以很親近現實生活。

芳芳女士很有心，從古文中找智慧，為新世代的孩子選編了這一套淺顯易懂、循序漸進的語文學習書，就像是為孩子鋪設了美麗的花崗石，引領小朋友走入花繁蝶舞的文學花園。

秦嘉華
國語日報編輯、校對組長

尋找有趣的方法讀經

拗不過作者芳芳盛情邀約，帶著將升上小二的次子踏上往天母芝山岩的步道，為的是想更進一步了解如何有趣的進入詩經的世界。詩經，讓人聽起來深奧又遙不可及。

今年暑假，我在板橋文德國小舉辦一個為期一個月的「經典快樂營」，內容有唐詩手語晨操、讀經班班歌、弟子規、道之宗旨、百孝經、禮運大同篇之唱誦、唐詩新唱手語、陶笛、書法、日語入門和童謠等，目的是為了落實品德教育，鼓勵多元學習並能寓教於樂。

時代不同了，學習的內容與方式也須精進，現今的小朋友由於環境變遷，填鴨式的學習已無法被他們接受，又根據專家學者研究，如果照本宣科的教育孩子，真正乖乖領受的也只有少數的模範生。因此，如何讓小朋友生動有趣的快樂學習，又能發自內心的願意接受所傳授的知識，啟發心靈美好的情意，我覺得教材的選擇很重要，教學方法的選擇更重要，傳統文化裡的經典，一直是我覺得十分受用的寶藏，唱和玩也一直是我想尋找和應用的方法呢！

忙完這一期的經典快樂營以後，詩經將是我未來學習的重點之一，雖然從前在學校也沒讀過幾篇，但總依稀記得詩經裡優美的文辭，難怪古云：「不學詩無以言」，可惜有興趣想學習的人，卻往往會被幾個不常用的古字給嚇到而生怯。透過芳芳的解說，我才知道，原來詩經是古代的歌謠，有很多疊句，配合書中簡易的情境說明及文字遊戲，詩經其實並非高不可攀！

我和芳芳的步道之行聊得很多，很高興我們都是從孩子的生活教育著手，並為孩子選擇了生活化、趣味化的古經典。

廖芬蘭

文德國小讀經志工、帶領孩子讀經唱詩並教唱日語童謠

流行過的好東西 唱之不絕

相當佩服芳芳的用心良苦，惟其用心，方能惺惺相惜。就像我們在推廣「唐詩新唱」的系列活動，所要的無非是：中華小兒女們個個都能經由深入淺出的學習而琅琅上口，經由琅琅上口進而美化心靈。念詩、吟詞、唱詩、品文，甚至演繹詩境：把歷代古人留下來的文學菁華，融入到自己的生活中，常常唱，常常表演，小朋友的氣質、信心自然彰顯出來，繼而吐露光華。

芳芳也是以最淺顯、最沒有壓力的方式，把古詩、古經、古文自然的介紹給小朋友，我真的為小朋友高興，能看得到這套書和聽得到「中華兒女唱唐詩」的小朋友是最有福報的，因為這都是在作心靈養分建基的工作，基礎扎實了，不但氣質昇華，腦筋的靈活運用更是無可限量。

一般人知道古詩、古經、古文的重要，但要怎麼吸引小朋友進入其中？這套書裡就看到了芳芳費心的地方。當看到了前面那麼簡單、優美的白話故事，就是後面那音韻鏗鏗、念起來很華美的古詩原文的意思時，小朋友的心理已經解除了對「原文」看不懂的恐懼了，字裡面就有音有韻了啊！那音和韻是發自內心的感情表達。

芳芳不但讓小朋友從音韻讀出感覺，還設計了好些項目，要小朋友邊玩邊思考，那些有趣的畫圖和文字遊戲，讓大人也想回味童趣。知道有人和我一樣在作推動古文詩歌的事，真是「德不孤，必有鄰」；十多年前我們剛開始推廣「中華兒女唱唐詩」之初，就有朋友說：這是「種福田」的工作。我現在也要告訴大家，芳芳也是在作種福田的工作，希望小朋友受到福蔭，也是功德無量！

趙雪芹
中華兒女唐詩新唱主唱

古詩古經唱背頌

我們知道全球有四分之一的中文人口，但是西方人學漢語卻比中國人還認真，參加漢語大賽也多次名列前茅，反觀我們的新生代卻傳出每下愈況的成績，這和圖象閱讀與網路便捷的語言不無關係。然而，我經常思考語言畢竟是用來溝通意思，在嬉鬧之中這些新生代還是傳達了意思，因此，大家不必時時以考核的態度看待語文，用輕鬆的態度學中文、讀中文、玩中文、說唱中文、品味中文，才是我編寫四本古文遊戲書的用意。

有人覺得這幾本遊戲書有點難，裡面古老的語言，好像只有ＬＫＫ才懂。可是，即便是ＬＫＫ這三個簡單的符號，對小朋友來說也是全新的開始，他們學習能力強，不管接觸到了什麼東西，很快就能學會，只要帶著孩子進行，用心、徹底的了解每個單元，就會玩出趣味，讀出意思。剛開始接觸時，哪個單元最吸引你，你就先從那個單元開始，不想接觸的可以先跳過去，讓小朋友跳出固定的學習模式，光是翻閱，小朋友也會產生興趣，只是家長們要注意不要操之過急，這樣會扼殺了小朋友的學習興趣。

大多數的人認為買書就是要全面讀透，功課就是要徹底學會，長久下來，就會讓人覺得「書」像一塊磚，壓在心頭頗沉重。詩經，卻是一首歌，歌出生活裡的喜、怒、哀、樂；悲、歡、離、合，古字的「形」讓人望而生義、聽而知情，書中的詞意，小朋友能懂的，就是一般大眾應該了解的，而不能馬上理解的，就是較少使用而不必一定要懂的，因為隨著小朋友年齡的增長，自然能體會其中的意境和涵義。我大膽的推出以詩經為素材的親子嬉遊書，希望真的傳達了詩與歌的自然情懷。

芳芳

十分鐘愛上詩經　一輩子享受閱讀

親子互動嬉遊書4

詩經風雅輕鬆讀

目錄 Contents

這本書怎麼玩？

本書兼具休閒閱讀和語文練習的作用，不需預設答案，使用方法十分方便，在此大略說明各單元設計理念。

白話故事配上繽紛的插畫，這部分可增加小朋友對故事的理解力，小朋友也可以另外搭配插畫、重組故事，成為自己的手繪圖畫書。

「文字妙迷宮」這部分是讓小朋友將自己所知道故事中的好詞，做字詞接龍，久而久之，也能吸收並記得許多好詞。

「語詞大觀園」不是問答題，但有很大的思考和討論的空間，主要是讓家長陪著小朋友一起找出小朋友能欣賞、了解的語詞，發覺文字的優美。

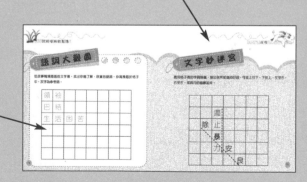

「文字翻譯機」是就原文裡的關鍵字加以解釋，這種解釋要配合著上下文的理解，而不是逐字的細究。

詩經故事的「原文欣賞」，剛開始讀起來會覺得好像很難，但是如果先看過白話譯文，大概就能了解故事在說些什麼，這時當你再讀起原汁原味的詩經就不會那麼難了。

「創意寫生簿」在圖像思考的時代，故事的表達可轉換成一幅幅漫畫或是其他表現方式，這不是用來參加評比的，而是應用圖像記憶和圖像理解的能力，希望小朋友能以自己的塗鴉或是創作作品說出故事大意。

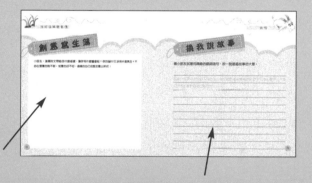

「換我說故事」的單元，可以從白話故事或「文字妙迷宮」中找出好句，重說故事。

　　總之，這是一客自助餐，能做多少就做多少，翻過並且讀到有趣的部分，寫過並且隨意畫畫，反覆思考並且不在乎表現多少，只要能從書裡吸收到你能吸收的養分，又何必一定要章章讀遍，題題答完呢？別忘了輕鬆才有收穫，我們是和孩子玩味文字和故事，不是做功課和考試。

1 民勞

　　國家的領袖胡作非為，害得百姓生活困苦，這樣下去情況會越來越糟，要快一點想辦法，讓辛苦的百姓們生活安定，讓遠方和近處的人都信服上位者的領導。

　　但那些小人為了巴結有權勢的人，總是提出一些對百姓不利的建議，我真希望上位者不要再相信那些人的話了，應該給他們一些警告，對於好人則要多鼓勵，好讓小人知難而退。

詩經風雅輕鬆讀

語詞大觀園

從故事情境描述的文字裡，找出你能了解、欣賞的語詞，抄寫幾個於格子中，灰字為參考詞。

領	袖					
巴	結					
生	活	困	苦			

文字妙迷宮

請用格子裡的字詞接龍,接出你所知道的好詞,可從上往下,下往上,左至右,右至左,或斜向的直線延伸。

		遏				
	除	止				
		暴				
		力	安			
				良		

原文欣賞

民亦勞止①，　汔②可小康③。

惠此中國，　以綏④四方。

無縱詭隨⑤，　以謹⑥無良。

式遏⑦寇虐⑧，　憯不畏明⑨。

柔遠能邇⑩，　以定我王。

【詩經・大雅・民勞】

文字翻譯機

勞止 ①：不再那麼辛苦。

汔 ②：求。

小康 ③：好一點的生活。

綏 ④：平撫，信服。

詭隨 ⑤：巴結追隨的小人。

謹 ⑥：警告，約束。

遏 ⑦：阻止。

寇虐 ⑧：惡勢力。

憯 ⑨：慘淡、不明、奸邪者。

邇 ⑩：近。

詩經風雅輕鬆讀

創 意 寫 生 簿

小朋友，這篇詩經帶給你什麼感覺，讓你有什麼體會呢？你的腦中又浮現什麼東西？不必在意畫得對不對，或畫得好不好，盡情的自己把想法畫出來吧！

換我說故事

請小朋友試著用摘錄的語詞造句，說一說這個故事的大意。

這是一個關心百姓的人說的話，他想提醒國家領袖要多替辛苦的人著想，不要只相信那些討好他、巴結他的人。

在很久以前， 人民爲了尋求安定的日子，
要不斷的搬遷， 找到了有山有水的地方， 重新
開墾， 挖土掘洞， 建立家園， 並以耕種維生，
慢慢的繁衍子孫， 就像瓜果從一個小小的種子

長 ^{ㄓㄤˇ} 成 ^{ㄔㄥˊ} 碩 ^{ㄕㄨㄛˋ} 大 ^{ㄉㄚˋ} 豐 ^{ㄈㄥ} 美 ^{ㄇㄟˇ}

的 ^{ㄉㄜ˙} 果 ^{ㄍㄨㄛˇ} 實 ^{ㄕˊ} ， 再 ^{ㄗㄞˋ} 播 ^{ㄅㄛ} 種 ^{ㄓㄨㄥˇ} 衍 ^{ㄧㄢˇ} 生 ^{ㄕㄥ} ， 終 ^{ㄓㄨㄥ} 於 ^{ㄩˊ} 有 ^{ㄧㄡˇ} 了 ^{ㄌㄜ˙} 纍 ^{ㄌㄟˊ} 纍 ^{ㄌㄟˊ} 果 ^{ㄍㄨㄛˇ} 實 ^{ㄕˊ} 。

當 ^{ㄉㄤ} 年 ^{ㄋㄧㄢˊ} 周 ^{ㄓㄡ} 族 ^{ㄗㄨˊ} 的 ^{ㄉㄜ˙} 古 ^{ㄍㄨˇ} 公 ^{ㄍㄨㄥ} 亶 ^{ㄉㄢˇ} 父 ^{ㄈㄨˇ} ， 就 ^{ㄐㄧㄡˋ} 是 ^{ㄕˋ} 以 ^{ㄧˇ} 身 ^{ㄕㄣ} 作 ^{ㄗㄨㄛˋ} 則 ^{ㄗㄜˊ} 和 ^{ㄏㄜˊ} 人 ^{ㄖㄣˊ} 民 ^{ㄇㄧㄣˊ} 共 ^{ㄍㄨㄥˋ} 患 ^{ㄏㄨㄢˋ} 難 ^{ㄋㄢˋ} 同 ^{ㄊㄨㄥˊ} 甘 ^{ㄍㄢ} 苦 ^{ㄎㄨˇ} ， 不 ^{ㄅㄨˋ} 辭 ^{ㄘˊ} 辛 ^{ㄒㄧㄣ} 勞 ^{ㄌㄠˊ} ， 才 ^{ㄘㄞˊ} 建 ^{ㄐㄧㄢˋ} 立 ^{ㄌㄧˋ} 了 ^{ㄌㄜ˙} 平 ^{ㄆㄧㄥˊ} 安 ^ㄢ 幸 ^{ㄒㄧㄥˋ} 福 ^{ㄈㄨˊ} 的 ^{ㄉㄜ˙} 家 ^{ㄐㄧㄚ} 園 ^{ㄩㄢˊ} 。

詩經風雅輕鬆讀

語詞大觀園

從故事情境描述的文字裡，找出你能了解、欣賞的語詞，抄寫幾個於格子中，灰字為參考詞。

果	實	纍	纍				
以	身	作	則				
不	辭	辛	勞				

文字妙迷宮

請用格子裡的字詞接龍，接出你所知道的好詞，可從上往下，下往上，左至右，右至左，或斜向的直線延伸。

	走			遠		
		馬		道		
			上	重		
				任		

原文欣賞

帛綿帛綿①瓜瓞②，　民③之初生，　自土沮④漆⑤⑥！

古公亶父⑦，　陶復陶穴⑧，　未有家室⑨。

古公亶父，　來朝走馬⑩，

率西水滸⑪，　至于岐下⑫。

爰及姜女⑬，　聿來胥⑭宇⑮。

【詩經・大雅・緜】

文字翻譯機

帛系系 ①：延續不斷的樣子。

瓞 ②：小小的瓜果。

民 ③：老百姓，人民。

土 ④：河水名。

泪 ⑤：與「居」同音，到達的意思。

漆 ⑥：河水名。

亶父 ⑦：古代周族王公領袖。

陶 ⑧：音義和「掏」相同，用手挖。

家室 ⑨：組織家庭。

走馬 ⑩：開始奔走工作。

滸 ⑪：水邊。

岐 ⑫：山的名字。

爰 ⑬：於是。

聿 ⑭：語助詞，無意義。

胥宇 ⑮：看地點蓋房子。

創意寫生簿

小朋友，這篇詩經帶給你什麼感覺，讓你有什麼體會呢？你的腦中又浮現什麼東西？不必在意畫得對不對，或畫得好不好，盡情的自己把想法畫出來吧！

換 我 說 故 事

請小朋友試著用摘錄的語詞造句，說一說這個故事的大意。

一家之主帶著家人到處搬遷，找到一塊新的土地，重新開墾，終於建立了新的
家園。

3

四月

四公月輩的竝天青氣三開寫始产有尤了竝夏天季兰的竝悶兒熱影，　到竝了竝六次月輩，　天青氣三熱影得竝就愛像天火竝烤竝一一樣天，　我竝卻氛還家在房外於頭竝拚条命兒，　難房道竝我竝家辈國竝的竝長辈輩兲不於是产人房嗎竝？　怎房麼竝能竝忍房受买

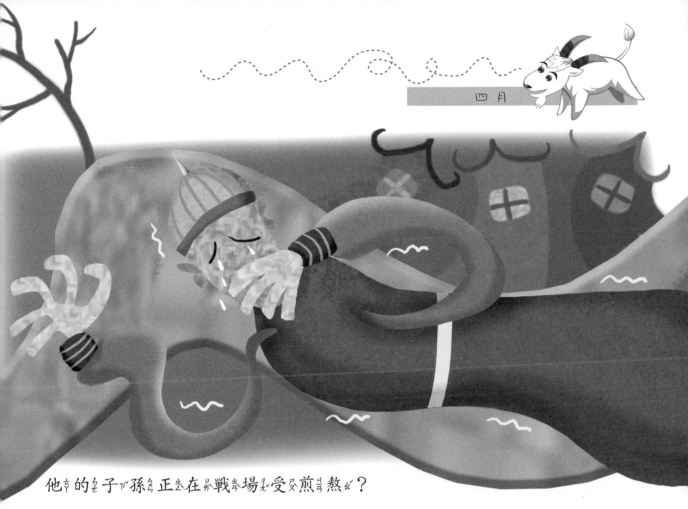

他的子孫正在戰場受煎熬？

　　秋天冷風颼颼，花草樹木都枯萎了，混亂的環境下疾病蔓延，為什麼我還不能回家？

　　冬天的風淒冷極了，我看到家家戶戶都過得好好的，為什麼只有我不能享有那平凡的幸福？

詩經風雅輕鬆讀

語詞大觀園

從故事情境描述的文字裡，找出你能了解、欣賞的語詞，抄寫幾個於格子中，灰字為參考詞。

拚	命						
受	煎	熬					
冷	風	颼	颼				

文字妙迷宮

請用格子裡的字詞接龍，接出你所知道的好詞，可從上往下，下往上，左至右，右至左，或斜向的直線延伸。

	平	安	符			
		全				
		措				
		施				

原文欣賞

四月維夏①，　　六月徂暑②。

先祖匪人③，　　胡寧忍予④？

秋日淒淒⑤，　　百卉具腓⑦⑥。

亂離瘼矣⑧，　　爰⑨其適歸？

冬日烈烈，　　飄風發發⑩。

民莫不穀⑪，　　我獨何害？

山有嘉卉，　　侯栗侯梅⑫。

廢爲殘賊⑬，　　莫知其尤。

【詩經‧小雅‧四月】

文字翻譯機

夏 ① : 夏天。

徂暑 ② : 又到了褥暑。

匪 ③ : 不是，並非。

胡寧 ④ : 怎麼會？

淒淒 ⑤ : 很淒涼的氣氛。

卉 ⑥ : 花。

腓 ⑦ : 草木枯萎。

瘼 ⑧ : 病，疾苦。

爰 ⑨ : 發語詞，究竟。

飄風 ⑩ : 旋風。

穀 ⑪ : 好。

侯 ⑫ : 好。

殘賊 ⑬ : 小人。

創意寫生簿

小朋友，這篇詩經帶給你什麼感覺，讓你有什麼體會呢？你的腦中又浮現什麼東西？不必在意畫得對不對，或畫得好不好，盡情的自己把想法畫出來吧！

換我說故事

請小朋友試著用摘錄的語詞造句，說一說這個故事的大意。

這是一位服役的人在發牢騷，他一年四季都離家在外受著煎熬，很羨慕別人過著平凡的日子。

何草不黃

　　離家服役的人們！整天在外奔波，看到枯黃的野草，覺得自己好像那些草，每天灰頭土臉的過著艱苦的生活，因為長期缺乏伴侶的照顧，一天比一天憔悴，越來越像枯萎的野草呢！有時候，覺得辛苦的出外人更像被人奴役的牛馬，沒有一刻可以閒下來。

　　不禁想到自己是一個活生生的人，卻要每天在野外工作和生活，不是和動物一樣嗎？甚至如果要把自己比喻成一輛不停走動的破車，那也是很恰當的說法啊！

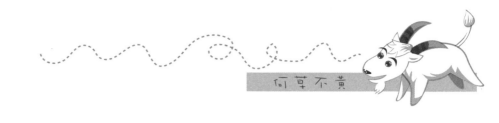

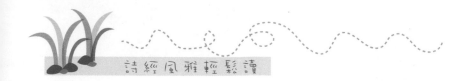

語詞大觀園

從故事情境描述的文字裡，找出你能了解、欣賞的語詞，抄寫幾個於格子中，灰字為參考詞。

奔	波					
枯	萎					
灰	頭	土	臉			

文字妙迷宮

請用格子裡的字詞接龍，接出你所知道的好詞，可從上往下，下往上，左至右，
右至左，或斜向的直線延伸。

馬					
馬	不	停	蹄		
虎					
虎					

原文欣賞

何ㄏㄜ草ㄘㄠ不ㄅㄨ黃ㄏㄨㄤ，　何ㄏㄜ日ㄖ不ㄅㄨ行ㄒㄧㄥ；

何ㄏㄜ人ㄖㄣ不ㄅㄨ將ㄐㄧㄤ①，　經ㄐㄧㄥ營ㄧㄥ四ㄙ方ㄈㄤ。

何ㄏㄜ草ㄘㄠ不ㄅㄨ玄ㄒㄩㄢ②，　何ㄏㄜ人ㄖㄣ不ㄅㄨ矜ㄐㄧㄣ③；

哀ㄞ我ㄨㄛ征ㄓㄥ夫ㄈㄨ，　獨ㄉㄨ爲ㄨㄟ匪ㄈㄟ民ㄇㄧㄣ④。

匪ㄈㄟ兕ㄙ④匪ㄈㄟ虎ㄏㄨ，　率ㄌㄩ彼ㄅㄧ曠ㄎㄨㄤ野ㄧㄝ；

哀ㄞ我ㄨㄛ征ㄓㄥ夫ㄈㄨ，　朝ㄓㄠ夕ㄒㄧ不ㄅㄨ暇ㄒㄧㄚ⑥。

有ㄧㄡ芃ㄆㄥ者ㄓㄜ⑦狐ㄏㄨ，　率ㄌㄩ彼ㄅㄧ幽ㄧㄡ草ㄘㄠ；

有ㄧㄡ棧ㄓㄢ⑧之ㄓ車ㄐㄩ，　行ㄒㄧㄥ彼ㄅㄧ周ㄓㄡ道ㄉㄠ⑨。

【詩ㄕ經ㄐㄧㄥ．小ㄒㄧㄠ雅ㄧㄚ．何ㄏㄜ草ㄘㄠ不ㄅㄨ黃ㄏㄨㄤ】

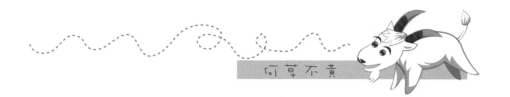

文字翻譯機

將 ①：創傷的意思，「將」與「創」音接近。

玄 ②：赤黑色，枯槁的意思。

矜 ③：孤獨的男人。

匪 ④：不、非。

兕 ⑤：音「四」，野牛。

暇 ⑥：空閒。

芃 ⑦：獸毛蓬鬆雜亂，有如草的樣子。

棧 ⑧：簡單的木材。

周道 ⑨：大道。

創意寫生簿

小朋友，這篇詩經帶給你什麼感覺，讓你有什麼體會呢？你的腦中又浮現什麼東西？不必在意畫得對不對，或畫得好不好，盡情的自己把想法畫出來吧！

何草不黃

換 我 說 故 事

請小朋友試著用摘錄的語詞造句,說一說這個故事的大意。

有一個人在外頭工作,他看到枯萎的草,還有草叢裡的野生動物,就覺得自己

跟野人差不多,每天累得灰頭土臉,沒有一刻可以閒下來,都是為了生活。

5 我行其野

　　我到野外採野菜，　看到一株茂盛的樗樹，我的夫婿就像這種惡木一樣不能依靠。　想起了當初相戀時美好的日子，　我很相信的跟隨著他，　誰知道結婚以後他就變心，　不再愛護、照顧我了，　他另結新歡，　甚至還休了我，　我只好回到娘家。

　　每天到山野工作，　總會想起過去的甜蜜，一遍遍的回想，　換來的卻是一次又一次的傷心，　既然他已毫無誠意，　我也不必再期待，　就這樣靠著自己生活，　不再為他難過了。

49

語詞大觀園

從故事情境描述的文字裡，找出你能了解、欣賞的語詞，抄寫幾個於格子中，灰字為參考詞。

甜	蜜					
變	心					
另	結	新	歡			

我行其野

文字妙迷宮

請用格子裡的字詞接龍，接出你所知道的好詞，可從上往下，下往上，左至右，右至左，或斜向的直線延伸。

	言	而	無	信		
				心		
				十		
				足		

原文欣賞

我行其野[1]，　蔽芾其樗[3]，
昏姻之故[4]，　言就爾居[5]。
爾不我畜[6]，　復我邦家[4]。
我行其野[2]，　言采其蓫[8]。
昏姻之故，　言就爾宿。
爾不我畜，　言歸斯復[9]。
我行其野，　言采其葍[10]。
不思舊姻，　求爾新特[11]，
成不以富[12]，　亦祇以異[14]。

【詩經・小雅・我行其野】

文字翻譯機

行 ①：走路。

蔽芾 ②：草木茂盛的樣子。

樗 ③：一種惡木。

故 ④：美好的過去。

言就爾居 ⑤：於是來和你住在一起。

畜 ⑥：愛護、照顧。

朵 ⑦：採。

蓫 ⑧：不好的野生植物。

歸 ⑨：回娘家，古代婦女被休了，現代的離婚女人離
　　　開夫家。

蕾 ⑩：一種莖有惡臭的植物。

特 ⑪：婚配。

成不以富 ⑫：誠意不夠。

祇 ⑬：只。

異 ⑭：不同，形同陌路，分道揚鑣。

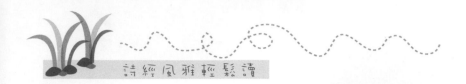

創意寫生簿

小朋友，這篇詩經帶給你什麼感覺，讓你有什麼體會呢？你的腦中又浮現什麼東西？不必在意畫得對不對，或畫得好不好，盡情的自己把想法畫出來吧！

換我說故事

請小朋友試著用摘錄的語詞造句,說一說這個故事的大意。

一個女人的丈夫另結新歡,這個女人被休了很傷心。

6

苕之華

　　凌霄花開遍山坡，　黃澄澄的草浪隨風搖擺，　好像有香氣散發出來，　但想到花開不能長久，　就像我身在亂世，　讓人感到莫名的悲傷。凌霄花開滿藤，　枝葉茂盛卻不能持久，　早知道身處在這樣的困苦環境，　還不如不要生我，　免得憂傷。　再看看野地放牧的羊兒，　頭大身骨瘦；　補魚的竹簍，　靜靜的躺在河底，　沒有魚

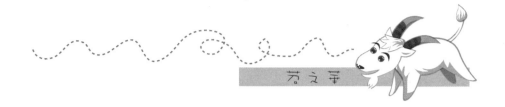

兒ㄦˊ、 沒ㄇㄟˊ有ㄧㄡˇ蝦ㄒㄧㄚ， 只ㄓˇ有ㄧㄡˇ星ㄒㄧㄥ光ㄍㄨㄤ在ㄗㄞˋ水ㄕㄨㄟˇ波ㄅㄛ上ㄕㄤˋ閃ㄕㄢˇ爍ㄕㄨㄛˋ。

可ㄎㄜˇ以ㄧˇ吃ㄔ的ㄉㄜˊ東ㄉㄨㄥ西ㄒㄧ少ㄕㄠˇ的ㄉㄜˊ可ㄎㄜˇ以ㄧˇ， 真ㄓㄣ的ㄉㄜˊ沒ㄇㄟˊ想ㄒㄧㄤˇ到ㄉㄠˋ日ㄖˋ子ㄗˇ會ㄏㄨㄟˋ過ㄍㄨㄛˋ得ㄉㄜˊ這ㄓㄜˋ麼ㄇㄜˊ的ㄉㄜˊ貧ㄆㄧㄣˊ乏ㄈㄚˊ困ㄎㄨㄣˋ苦ㄎㄨˇ！

語詞大觀園

從故事情境描述的文字裡，找出你能了解、欣賞的語詞，抄寫幾個於格子中，灰字為參考詞。

隨	風	搖	擺				

文字妙迷宮

請用格子裡的字詞接龍，接出你所知道的好詞，可從上往下，下往上，左至右，右至左，或斜向的直線延伸。

千	里	迢	迢		
里		長			
奔			伯		
波					

原文欣賞

苕①之華②，　芸③其黃矣；

心之憂矣，　維其傷矣！

苕之華，　其葉青青。

知我如此，　不如無生！

牂羊④墳⑤首，　三星在罶⑥⑦；

人可以食，　鮮⑧可以飽。

【詩經·小雅·苕之華】

文字翻譯機

苕 ①：一種爬蔓，花是黃紅色，即凌霄花。

華 ②：花茂盛的樣子。

芸 ③：眾多的樣子。

牂羊 ④：母羊。

墳 ⑤：大。

三星 ⑥：三是一個代表量，是幾顆星星的意思。

罶 ⑦：竹編的捕魚器。

鮮 ⑧：少。

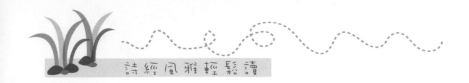

創意寫生簿

小朋友，這篇詩經帶給你什麼感覺，讓你有什麼體會呢？你的腦中又浮現什麼東西？不必在意畫得對不對，或畫得好不好，盡情的自己把想法畫出來吧！

換 我 說 故 事

請小朋友試著用摘錄的語詞造句，說一說這個故事的大意。

在一片荒涼的天地，黃澄澄的野花開滿山坡，隨風搖擺，很快樂的樣子，但是
動物就沒這麼幸運了，有些羊已經餓得皮包骨呢！

7 無羊

在一一片綠油油的山坡地上，牛羊成群。羊兒擠在一塊兒，各自吃著草，互不推擠。牛的嘴裡嚼著草，耳朵動啊動的，好像吃得津津有味。

無羊

　　這群溫和的動物，　在午後的坡地上，　悠閒自在。　有的睡覺，　有的醒著互相磨蹭著，　更有幾隻牛走下山坡到水池邊喝水。

　　再看看遠處，　牛羊的主人穿著草編的雨衣，　戴著斗笠，　身上還背著乾糧，　好像準備在外頭工作好幾天。　誰說看不到成群的牛羊？　這兒不就是了嗎？

65

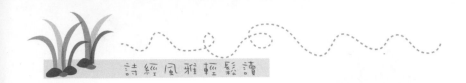

語詞大觀園

從故事情境描述的文字裡，找出你能了解、欣賞的語詞，抄寫幾個於格子中，灰字為參考詞。

磨	蹭						
津	津	有	味				
互	不	推	擠				

文字妙迷宮

請用格子裡的字詞接龍，接出你所知道的好詞，可從上往下，下往上，左至右，右至左，或斜向的直線延伸。

	牛	羊	成	群		
		馬				
			不			
				如		

原文欣賞

誰謂爾無羊？　三百維群。

誰謂爾無牛？　九十其犉①。

爾羊來思②，　其角濈濈③，

爾牛來思，　其耳濕濕④。

或降于阿，　或飲于池，　或寢⑤或訛⑥。

爾牧來思，　何蓑⑦何笠⑧，　或負其餱⑨。

三十維物⑩，　爾牲則具⑪。

【詩經·小雅·無羊】

文字翻譯機

犉 ①：黃色的毛、黑色的唇的牛。

思 ②：為了讀起來順口的語氣詞，沒有什麼意思。

濈濈 ③：和「戢戢」同義，就聚集很多的樣子。

濕濕 ④：牲畜耳朵搖動的樣子。

寢 ⑤：躺著睡著。

訛 ⑥：醒著、互相磨蹭，像人在說話似的。

何 ⑦：同「荷」，引申為披戴著。

蓑 ⑧：草編的雨衣。

餱 ⑨：乾糧。

物 ⑩：物種，品種。

具 ⑪：具備，都有。

創意寫生簿

小朋友，這篇詩經帶給你什麼感覺，讓你有什麼體會呢？你的腦中又浮現什麼東西？不必在意畫得對不對，或畫得好不好，盡情的自己把想法畫出來吧！

無羊

換我說故事

請小朋友試著用摘錄的語詞造句，說一說這個故事的大意。

山坡地上，有著成群的牛羊，在安靜的午後，牛羊都懶洋洋的很幸福的樣子。

8 君子于役

　　少婦的丈夫出外服役，不知什麼時候才能回來，每當黃昏時，雞鴨成群的回到窩裡，牛羊乖乖的回到欄內，少婦更加牽掛丈夫的生活，不知道他吃得飽、穿得暖嗎？為什麼沒有一個歸期？總是讓家人不斷的擔心，只希望他能平安，吃得飽，也穿得暖啊！

君子于役

語詞大觀園

從故事情境描述的文字裡，找出你能了解、欣賞的語詞，抄寫幾個於格子中，灰字為參考詞。

出	外						
黃	昏						
牽	掛						

文字妙迷宮

請用格子裡的字詞接龍，接出你所知道的好詞，可從上往下，下往上，左至右，右至左，或斜向的直線延伸。

	牛					
	脾	羊				
	氣		成			
				群		

原文欣賞

君子于役①，　不知其期②，　曷至哉③④？

雞棲于塒⑤，　日之夕矣，　羊牛下來。

君子于役①，　如之何勿思⑥！

君子于役①，　不日不月⑦，　曷其有佸⑧？

雞棲于桀⑨，　日之夕矣，　羊牛下括⑩。

君子于役①，　苟無飢渴？

【詩經・王風・君子于役】

文字翻譯機

于役 ①：參加勞役，出門在外從軍。

期 ②：時間，期限。

曷 ③：何時。

至 ④：到，回家。

塒 ⑤：雞的土窩。

如之何 ⑥：怎能？

不日不月 ⑦：沒有正常生活。

佸 ⑧：會面團圓。

桀 ⑨：小木樁。

下括 ⑩：牛羊回來進了欄。

77

創意寫生簿

小朋友，這篇詩經帶給你什麼感覺，讓你有什麼體會呢？你的腦中又浮現什麼東西？不必在意畫得對不對，或畫得好不好，盡情的自己把想法畫出來吧！

換我說故事

請小朋友試著用摘錄的語詞造句，說一說這個故事的大意。

家裡的男主人出外服役，女主人牽掛他的生活，每到黃昏看見牛羊成群回欄，
就更加期待丈夫回家。

9 采葛

　　我一個人在外頭， 心在家鄉的某個女孩身上， 不知道她正在做什麼？ 正在郊外採葛菜吧？ 又或者已經採了蕭草正在清洗？ 還是採滿了一籃艾草回家做一頓佳餚？ 一天沒看到她， 感覺好像三個月那麼長； 再過幾天還是想念她， 感覺就像是三個秋天那麼久； 直到現在， 我已經感覺好像和她三年沒見面了呢！

語詞大觀園

從故事情境描述的文字裡，找出你能了解、欣賞的語詞，抄寫幾個於格子中，灰字為參考詞。

家	鄉						
佳	餚						
郊	外						

采葛

文字妙迷宮

請用格子裡的字詞接龍，接出你所知道的好詞，可從上往下，下往上，左至右，右至左，或斜向的直線延伸。

		一			
		日			
		不	見	不	散
		見			
		如			
		隔			
		三			
		秋			

詩經風雅輕鬆讀

原文欣賞

彼ㄅ采ㄘㄞ葛ㄍㄜ①兮ㄒ②，　一一日ㄖ不ㄅㄨ見ㄐㄢ，　如ㄖㄨ三ㄙㄢ月ㄩㄝ兮ㄒ。

彼ㄅ采ㄘㄞ蕭ㄒㄧㄠ③兮ㄒ，　一一日ㄖ不ㄅㄨ見ㄐㄢ，　如ㄖㄨ三ㄙㄢ秋ㄑㄡ④兮ㄒ。

彼ㄅ采ㄘㄞ艾ㄞ⑤兮ㄒ，　一一日ㄖ不ㄅㄨ見ㄐㄢ，　如ㄖㄨ三ㄙㄢ歲ㄙㄨㄟ⑥兮ㄒ。

【詩ㄕ經ㄐㄧㄥ‧王ㄨㄤ風ㄈㄥ‧采ㄘㄞ葛ㄍㄜ】

文字翻譯機

采①：採。

葛②：一種植物。

蕭③：一種叢生原野水邊的野草。

秋④：一個秋季約三個月，秋天令人更想念朋友。

艾⑤：一種常見的野菜，艾草。

歲⑥：年。

創意寫生簿

小朋友，這篇詩經帶給你什麼感覺，讓你有什麼體會呢？你的腦中又浮現什麼東西？不必在意畫得對不對，或畫得好不好，盡情的自己把想法畫出來吧！

換 我 說 故 事

請小朋友試著用摘錄的語詞造句，說一說這個故事的大意。

一個離開家鄉出外工作的人，想念女朋友，感覺時間過得特別慢，好像已經有
三年沒見到女朋友了。

10 小星

　　在夜深的曠野上，　抬頭看到東方的星空，只有三、五顆星星閃爍著微弱的光輝，　這麼淒清的夜晚，　只有我還要在外奔波，　實在是命苦啊！　這樣的夜晚，　在天空閃爍微光的是參星和昴星，　孤單的我只有自己搭起帳棚，　讓天空的星宿陪我到天明了。

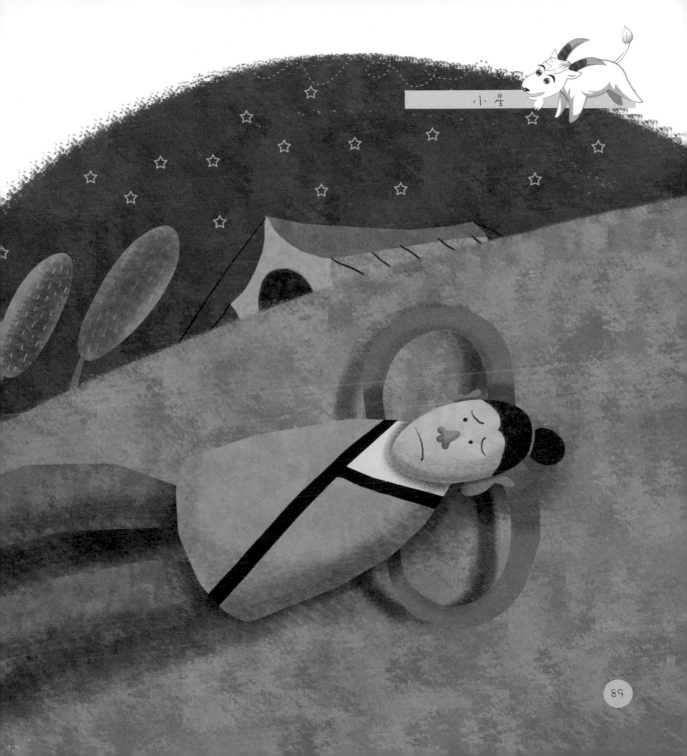

從故事情境描述的文字裡，找出你能了解、欣賞的語詞，抄寫幾個於格子中，灰字為參考詞。

曠	野					
星	空					
在	外	奔	波			

文字妙迷宮

請用格子裡的字詞接龍，接出你所知道的好詞，可從上往下，下往上，左至右，右至左，或斜向的直線延伸。

		餐	風	宿	露	
			雨			
			無			
			阻			

嘒ㄏㄨㄟˋ彼ㄅㄧˇ小ㄒㄧㄠˇ星ㄒㄧㄥ，　三ㄙㄢ五ㄨˇ在ㄗㄞˋ東ㄉㄨㄥ。

肅ㄙㄨˋ肅ㄙㄨˋ宵ㄒㄧㄠ征ㄓㄥ，　夙ㄙㄨˋ夜ㄧㄝˋ在ㄗㄞˋ公ㄍㄨㄥ，　寔ㄕˊ命ㄇㄧㄥˋ不ㄅㄨˋ同ㄊㄨㄥˊ。

嘒ㄏㄨㄟˋ彼ㄅㄧˇ小ㄒㄧㄠˇ星ㄒㄧㄥ，　維ㄨㄟˊ參ㄕㄣ與ㄩˇ昴ㄇㄠˇ。

肅ㄙㄨˋ肅ㄙㄨˋ宵ㄒㄧㄠ征ㄓㄥ，　抱ㄅㄠˋ衾ㄑㄧㄣ與ㄩˇ裯ㄔㄡˊ，　寔ㄕˊ命ㄇㄧㄥˋ不ㄅㄨˋ猶ㄧㄡˊ。

【詩ㄕ經ㄐㄧㄥ · 召ㄓㄠˋ南ㄋㄢˊ · 小ㄒㄧㄠˇ星ㄒㄧㄥ】

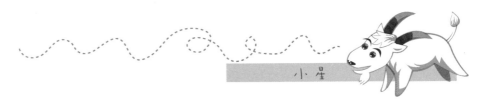
文字翻譯機

嘒 ①：光芒微弱的樣子。

東 ②：東方的天空。

肅肅 ③：迅速、匆忙的樣子。

公 ④：公事，職務。

寔命 ⑤：現實，命運。

參 ⑥：星宿名字。

昴 ⑦：星宿名字。

衾 ⑧：行囊，包裹。

裯 ⑨：被單或床帳。

寔 ⑩：通「實」，實在是。

不猶 ⑪：不好。

創意寫生簿

小朋友，這篇詩經帶給你什麼感覺，讓你有什麼體會呢？你的腦中又浮現什麼東西？不必在意畫得對不對，或畫得好不好，盡情的自己把想法畫出來吧！

小星

換我說故事

請小朋友試著用摘錄的語詞造句,說一說這個故事的大意。

這是一位在野外過夜的人嘆息自己的命苦,一個人在星空下搭帳棚,讓他覺得

好孤單喔!

11 野有死麕

當鄰家少女日漸長大，越來越漂亮，就開
始有讀書人送禮來，先送一隻像狼又像鹿的奇
怪動物，用白茅包著，如果她不表示意見，
這位男士就會再送更好的
禮物，也許是一隻鹿，去
討好像美玉一樣的少女；
不過，男士可要一步一步
依照禮節慢慢來，千萬
不要讓少女家的看門犬
受驚嚇叫了起來，只要

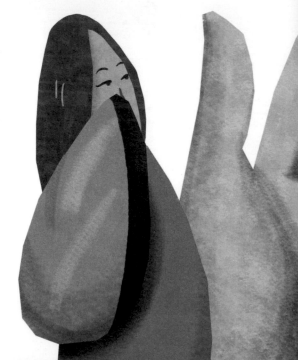

禮物送的一次比一次精緻，　不怕得不到美少女的芳心。

97

從故事情境描述的文字裡，找出你能了解、欣賞的語詞，抄寫幾個於格子中，灰字為參考詞。

美	玉						
精	緻						
芳	心						

野有死麕

文字妙迷宫

請用格子裡的字詞接龍，接出你所知道的好詞，可從上往下，下往上，左至右，
右至左，或斜向的直線延伸。

	循	規	蹈	矩	
		序			
			漸		
				進	

原文欣賞

野ㄧㄝˇ有ㄧㄡˇ死ㄙˇ麕ㄐㄩㄣ①，　白ㄅㄞˊ茅ㄇㄠˊ包ㄅㄠ之ㄓ；

有ㄧㄡˇ女ㄋㄩˇ懷ㄏㄨㄞˊ春ㄔㄨㄣ②，　吉ㄐㄧˊ士ㄕˋ誘ㄧㄡˋ之ㄓ。

林ㄌㄧㄣˊ有ㄧㄡˇ樸ㄆㄨˊ樕ㄙㄨˋ④，　野ㄧㄝˇ有ㄧㄡˇ死ㄙˇ麕ㄐㄩㄣ；

白ㄅㄞˊ茅ㄇㄠˊ純ㄊㄨㄣˊ束ㄕㄨˋ⑤，　有ㄧㄡˇ女ㄋㄩˇ如ㄖㄨˊ玉ㄩˋ。

舒ㄕㄨ而ㄦˊ脫ㄊㄨㄛ脫ㄊㄨㄛ兮ㄒㄧ⑥，　無ㄨˊ感ㄏㄢˋ我ㄜˇ帨ㄕㄨㄟˋ兮ㄒㄧ⑦，

無ㄨˊ使ㄕˇ尨ㄇㄤˊ⑧也ㄧㄝˇ吠ㄈㄟˋ⑨。

【詩ㄕ經ㄐㄧㄥ・召ㄓㄠˋ南ㄋㄢˊ・野ㄧㄝˇ有ㄧㄡˇ死ㄙˇ麕ㄐㄩㄣ】

文字翻譯機

麕①：獐。一種像狼又像鹿的動物。

懷春②：成長的少女心裡想著戀情的發展。

吉士③：男子的美稱。

樸樕④：一種植物。

純束⑤：繫為一束。

脫脫⑥：遲緩的樣子。

帨⑦：佩巾。

尨⑧：多毛的狗。

吠⑨：狗叫。

創意寫生簿

小朋友，這篇詩經帶給你什麼感覺，讓你有什麼體會呢？你的腦中又浮現什麼東西？不必在意畫得對不對，或畫得好不好，盡情的自己把想法畫出來吧！

換 我 說 故 事

請小朋友試著用摘錄的語詞造句，說一說這個故事的大意。

一位女孩因為長得漂亮，就有男士送禮物給她，禮物越送越好，表示感情越來
越濃，最後還想把她娶回家。

12 芣苢

　　山間的綠地長滿了野菜，一群女孩相約去採摘，先用手撿著摘採的野菜，接下來一把一把的採著，後來發現越採越多，就用裙子兜起來。

　　後來發現數量更多，就乾脆把盛滿野菜的裙襬在腰間打個結，繼續摘採下去，直到豐收滿懷，大家才開心的唱唱跳跳回去。

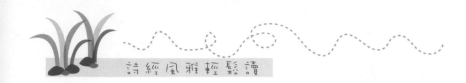

語詞大觀園

從故事情境描述的文字裡，找出你能了解、欣賞的語詞，抄寫幾個於格子中，灰字為參考詞。

綠	地					
豐	收	滿	懷			
唱	唱	跳	跳			

文字妙迷宮

請用格子裡的字詞接龍，接出你所知道的好詞，可從上往下，下往上，左至右，
右至左，或斜向的直線延伸。

	唱	作	俱	佳		
	唱					
	跳					
	跳					

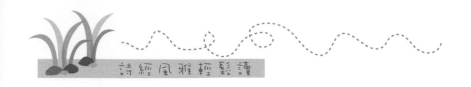

原文欣賞

采采芣苢①，　薄言採之③，

采采芣苢，　薄言有④之，

采采芣苢，　薄言掇⑤之，

采采芣苢，　薄言捋⑥之。

采采芣苢，　薄言袺⑦之，

采采芣苢，　薄言襭⑧之。

【詩經 · 周南 · 芣苢】

文字翻譯機

采采 ① ：美好、繁盛的樣子。

芣苢 ② ：野菜，車前草。苢，苡，苡米。

薄言 ③ ：語助詞，無意義。

有 ④ ：採。

掇 ⑤ ：拾取。

捋 ⑥ ：一把一把摘取。

袺 ⑦ ：把衣襟挽在衣帶上裝東西。

襭 ⑧ ：用衣服的下襬圍兜裝東西。

創意寫生簿

小朋友,這篇詩經帶給你什麼感覺,讓你有什麼體會呢?你的腦中又浮現什麼東西?不必在意畫得對不對,或畫得好不好,盡情的自己把想法畫出來吧!

換 我 說 故 事

請小朋友試著用摘錄的語詞造句，說一說這個故事的大意。

山坡上，滿是採野菜的人，先用手採，再用裙子兜起來，兜滿以後在腰間打個
結，繼續埋頭苦幹，這麼豐富的收穫，怪不得大家開心的邊採邊唱歌呢！

13

桃夭

　　春天，桃樹柔軟的枝條隨風搖擺，桃花盛開豔麗明亮，就好像那初嫁的少女溫柔美麗，盡力做個好妻子。到了桃樹結實纍纍的時候，那桃枝被壓得下垂，就像新嫁娘日漸成熟、豔麗的風韻，善於打理家中一切，照顧家人。

　　當桃樹柔軟的枝條隨風搖擺，桃葉茂密喜氣洋洋，人人都祝福著：體態健美的新娘替婆家帶來子孫滿堂。

語詞大觀園

從故事情境描述的文字裡，找出你能了解、欣賞的語詞，抄寫幾個於格子中，灰字為參考詞。

隨	風	搖	擺			
豔	麗	明	亮			
結	實	纍	纍			

文字妙迷宮

請用格子裡的字詞接龍，接出你所知道的好詞，可從上往下，下往上，左至右，右至左，或斜向的直線延伸。

	桃	百			
		花			
		齊	舞		
		放		春	
					風

詩經風雅輕鬆讀

原文欣賞

桃之夭夭①，灼灼其華。

之子于歸③，宜其室家。

桃之夭夭，有蕡④其實。

之子于歸，宜其家室。

桃之夭夭，其葉蓁蓁⑤。

之子于歸，宜其家人。

116

【詩經 · 周南 · 桃夭】

文字翻譯機

夭夭 ①：桃樹的枝葉柔軟彎曲的樣子。

灼灼 ②：像火一樣明亮，指桃花豔麗盛開的樣子。

歸 ③：有了歸宿，指女子嫁了。

蕡 ④：草木果實很多的樣子。

蓁蓁 ⑤：桃葉茂密的樣子。

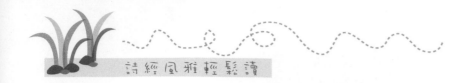
創意寫生簿

小朋友，這篇詩經帶給你什麼感覺，讓你有什麼體會呢？你的腦中又浮現什麼東西？不必在意畫得對不對，或畫得好不好，盡情的自己把想法畫出來吧！

換 我 說 故 事

請小朋友試著用摘錄的語詞造句，說一說這個故事的大意。

看到桃樹開花、結果，就讓人想到少女的美麗，令人想祝福她早日找到婆家，

子孫滿堂。

14 漢廣

　　南邊有著高大的樹木，但樹蔭太小，我不能在下面避暑休息。漢水上雖有出遊的美麗女子，但是我卻看得到

碰不到，無法追求。
江河又寬又長，
我是不可能游過去，
江水滔滔不息，我也
無法划著木筏過去。

　　美女在眼前晃來晃去，就好像一堆柴

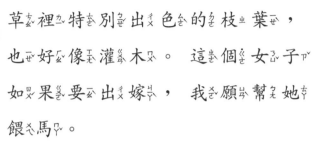

草裡特別出色的枝葉，
也好像灌木。 這個女子
如果要出嫁， 我願幫她
餵馬。

　　可是啊！ 我就是沒
有辦法和她接近， 因為
江水是這麼的廣闊， 我
不可能游泳過去。 江水
這樣的滔滔不息， 我就
算划著木筏也追不到那
近在眼前的美女啊。

語詞大觀園

從故事情境描述的文字裡，找出你能了解、欣賞的語詞，抄寫幾個於格子中，灰字為參考詞。

高	大						
出	遊						
滔	滔	不	息				

漢廣

文字妙迷宮

請用格子裡的字詞接龍，接出你所知道的好詞，可從上往下，下往上，左至右，右至左，或斜向的直線延伸。

	養					
		家				
			活			
	言	擇	不	口		

原文欣賞

南有喬木①，　不可休息。

漢有游女②，　不可求思。

漢之廣矣，　不可泳思。

江之永③矣，　不可方④思。

翹翹⑤錯薪⑥，　言⑦刈其楚⑧。

之子于歸⑨，　言秣⑩其馬。

漢之廣矣，　不可泳思。

江之永矣，　不可方思。

【詩經・周南・漢廣】

124

文字翻譯機

喬木 ① ：一種枝葉高大的樹木。

游女 ② ：出遊的女子。

永 ③ ：又寬又長。

方 ④ ：舫、竹筏，但這裡作動詞，指用竹筏渡水。

翹翹 ⑤ ：高而錯雜。

錯薪 ⑥ ：柴草雜亂的放在一起。

刈 ⑦ ：割取。

楚 ⑧ ：一種灌木。

于歸 ⑨ ：女子找到歸宿，出嫁的意思。

秣 ⑩ ：餵牛馬。

創意寫生簿

小朋友，這篇詩經帶給你什麼感覺，讓你有什麼體會呢？你的腦中又浮現什麼東西？不必在意畫得對不對，或畫得好不好，盡情的自己把想法畫出來吧！

漢廣

換我說故事

請小朋友試著用摘錄的語詞造句,說一說這個故事的大意。

在河的對岸,有個年輕的小伙子看到美麗的女孩,開始想東想西,看著美女突

然感覺江河好寬、好遠啊!樹好高、好大啊!他好想能娶個健康美麗的老婆回

家,又怕自己做不到。

15 關雎

在河中的沙洲上，有一群水鳥正在求偶，相互唱和鳴叫著。

這時，有一群女孩出來採水菜，年輕人望著那身影，想要追求美麗的女孩。女孩展現著苗條的身段，美麗優雅的穿梭在河岸草叢間。年輕人回家睡覺都還夢見女孩。

但是，這麼美麗的女孩一定不好追，因為早晚都想著女孩的倩影，他感覺自己飄飄然，翻來覆去睡不著。與其空想，還不如實際一點，將夢想付諸行動，積極追求。也許有一天可以用擊鼓鳴琴的盛大場面，熱熱鬧鬧的把她娶回家。

語詞大觀園

從故事情境描述的文字裡，找出你能了解、欣賞的語詞，抄寫幾個於格子中，灰字為參考詞。

求	偶					
鳴	叫					
苗	條					

文字妙迷宮

請用格子裡的字詞接龍，接出你所知道的好詞，可從上往下，下往上，左至右，右至左，或斜向的直線延伸。

	擊					
		鼓				
			奏			
	支	可	不	樂		

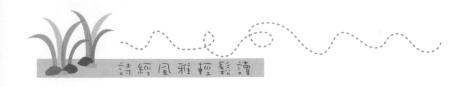

原文欣賞

關關雎鳩，　在河之洲。
窈窕淑女，　君子好逑。
參差荇菜，　左右流之。
窈窕淑女，　寤寐求之。
求之不得，　寤寐思服。
悠哉悠哉，　輾轉反側。
參差荇菜，　左右采之。
窈窕淑女，　琴瑟友之。

【詩經・大雅・關雎】

文字翻譯機

關關 ①：水鳥相互鳴叫應和的聲音，是求偶的時節。

雎鳩 ②：一種水鳥，此鳥有固定的配偶，此處用來比喻君子的配偶。

洲 ③：水中可停留的陸地。

窈窕 ④：女孩漂亮、苗條的身影。

逑 ⑤：配偶。

參差 ⑥：長短不齊的樣子。

荇菜 ⑦：兩種野菜的名字。

寤寐 ⑧：「寤」為醒時，「寐」是睡時，表示無時無刻。

悠哉 ⑨：形容思念的深長。

輾轉反側 ⑩：翻來覆去睡不著。

琴瑟 ⑪：原是指兩種樂器，此處喻為夫妻。

友之 ⑫：親愛。

創 意 寫 生 簿

小朋友，這篇詩經帶給你什麼感覺，讓你有什麼體會呢？你的腦中又浮現什麼東西？不必在意畫得對不對，或畫得好不好，盡情的自己把想法畫出來吧！

換 我 說 故 事

請小朋友試著用摘錄的語詞造句,說一說這個故事的大意。

看到美景和美女,帥哥想追求,不禁早想晚想,最後還想熱熱鬧鬧的把美女娶

回家。

16

泉水

　　從衛國遠嫁到他國的一個女子，看到流動
的泉水，就想起衛水，那是一條容納小河流的
大河，她想念故國和家人，覺得自己
像小河流一樣要流向原來的地方，由於太
想念家鄉的一切，這種心情只能對
一起陪嫁來的姊妹說，商量是不是
找一天回去看看？但是
女子出嫁，已遠離父母
兄弟，所以一想回故鄉，
這恐怕還要問問娘家
的姑嫂可不可以。

137

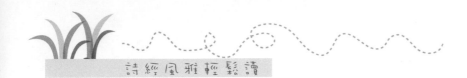

語詞大觀園

從故事情境描述的文字裡，找出你能了解、欣賞的語詞，抄寫幾個於格子中，灰字為參考詞。

遠	嫁	他	國				
容	納						
姑	嫂						

文字妙迷宮

請用格子裡的字詞接龍，接出你所知道的好詞，可從上往下，下往上，左至右，右至左，或斜向的直線延伸。

		離				
思	鄉	情	切 →			
		依				
		依				
		↓				

139

原文欣賞

毖ㄅㄧ彼ㄅㄧˇ泉ㄑㄩㄢˊ水ㄕㄨㄟˇ，亦ㄧˋ流ㄌㄧㄡˊ于ㄩˊ淇ㄑㄧˊ。①②

有ㄧㄡˇ懷ㄏㄨㄞˊ于ㄩˊ衛ㄨㄟˋ，靡ㄇㄧˇ日ㄖˋ不ㄅㄨˋ思ㄙ。③④

孌ㄌㄨㄢˊ彼ㄅㄧˇ諸ㄓㄨ姬ㄐㄧ，聊ㄌㄧㄠˊ與ㄩˇ之ㄓ謀ㄇㄡˊ。⑤⑥

出ㄔㄨ宿ㄙㄨˋ于ㄩˊ泲ㄐㄧˇ，飲ㄧㄣˇ餞ㄐㄧㄢˋ于ㄩˊ禰ㄋㄧˇ。⑦⑧⑨

女ㄋㄩˇ子ㄗˇ有ㄧㄡˇ行ㄒㄧㄥˊ，遠ㄩㄢˇ父ㄈㄨˋ母ㄇㄨˇ兄ㄒㄩㄥ弟ㄉㄧˋ。

問ㄨㄣˋ我ㄨㄛˇ諸ㄓㄨ姑ㄍㄨ，遂ㄙㄨㄟˋ及ㄐㄧˊ伯ㄅㄛˊ姊ㄐㄧㄝˇ。

【詩ㄕ經ㄐㄧㄥ·邶ㄅㄟˋ風ㄈㄥ·泉ㄑㄩㄢˊ水ㄕㄨㄟˇ】

文字翻譯機

毖 ①：泉水流動的樣子。

淇 ②：衛國城外的一條河，即衛水。

衛 ③：衛國。

靡日 ④：沒有一天。

孌 ⑤：順從的、美好的。

謀 ⑥：商量。

宿 ⑦：在外頭過夜。

沬 ⑧：地名。

禰 ⑨：地名。

創意寫生簿

小朋友，這篇詩經帶給你什麼感覺，讓你有什麼體會呢？你的腦中又浮現什麼東西？不必在意畫得對不對，或畫得好不好，盡情的自己把想法畫出來吧！

流水

換我說故事

請小朋友試著用摘錄的語詞造句，說一說這個故事的大意。

遠嫁到他國的少婦，非常想念家人，看著河水就想到了自己，也想像小河流回
大河那樣回去看看家人。

17 北風

　　北風淒涼的吹著， 天空下著大雪， 左鄰右舍親朋好友， 大家卻在此時相約離開， 一起逃難去了， 情況已經相當危急， 不能再從容的等待。 北風非常的寒冷， 大雪紛飛， 左鄰右舍親朋好友， 大家卻在此時相約返回故鄉， 情況已經相當危急， 不能再從容的等待。 紅色的狐狸和黑色的烏鴉， 都是不祥之物的代表， 左鄰右舍親朋好友， 別再指望那個統治者會照顧人民， 天下烏鴉一般黑， 我們還是共同搭乘馬車， 趁早逃離吧！

北風

145

語詞大觀園

從故事情境描述的文字裡，找出你能了解、欣賞的語詞，抄寫幾個於格子中，灰字為參考詞。

北	風	淒	涼				
左	鄰	右	舍				
從	容						

146

北風

文字妙迷宮

請用格子裡的字詞接龍，接出你所知道的好詞，可從上往下，下往上，左至右，右至左，或斜向的直線延伸。

				同		
				甘		
		難	犯	共		
				苦		

原文欣賞

北風其涼，　雨雪其雱①。
惠而好我，　攜手同行③。②
其虛其邪④？⑤　既亟只且⑥！⑦
北風其喈⑧，　雨雪其霏⑨。
惠而好我，　攜手同歸。
其虛其邪？　既亟只且。
莫赤匪狐⑩⑪，　莫黑匪烏。
惠而好我，　攜手同車⑫。
其虛其邪？　既亟只且！

【詩經・邶風・北風】

文字翻譯機

雰①：大雪。

惠②：愛。

行③：去。

虛④：寬懷。

邪⑤：音同「徐」，慢慢的。

亟⑥：危急。

只且⑦：語助詞、無意義。

喈⑧：急速。

霏⑨：雨、雪紛飛。

赤⑩：紅色。

匪⑪：非，不是。

車⑫：馬車，交通工具。

創意寫生簿

小朋友，這篇詩經帶給你什麼感覺，讓你有什麼體會呢？你的腦中又浮現什麼東西？不必在意畫得對不對，或畫得好不好，盡情的自己把想法畫出來吧！

換我說故事

請小朋友試著用摘錄的語詞造句，說一說這個故事的大意。

在環境很不好的時候，有一群志同道合的人，相約離開故鄉逃難去，打算到另

一個地方重新建立家園。

18 日月

天_{ㄊㄧㄢ}上_{ㄕㄤ}的_{ㄉㄜ}日_ㄖ月_{ㄩㄝ}啊_ㄚ！ 永_{ㄩㄥ}遠_{ㄩㄢ}都_{ㄉㄡ}照_{ㄓㄠ}著_{ㄓㄜ}大_{ㄉㄚ}地_{ㄉㄧ}萬_{ㄨㄢ}物_ㄨ， 即_{ㄐㄧ}使_ㄕ是_ㄕ再_{ㄗㄞ}小_{ㄒㄧㄠ}的_{ㄉㄜ}東_{ㄉㄨㄥ}西_{ㄒㄧ}， 也_{ㄧㄝ}都_{ㄉㄡ}一_ㄧ樣_{ㄧㄤ}給_{ㄐㄧ}予_ㄩ溫_{ㄨㄣ}暖_{ㄋㄨㄢ}。

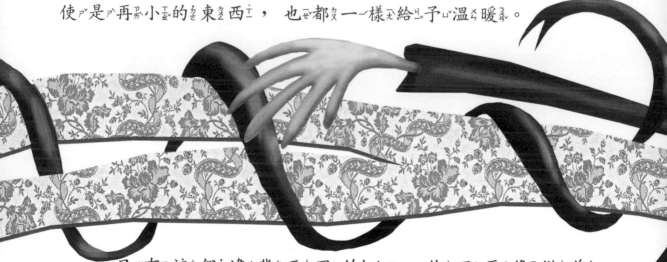

只_ㄓ有_{ㄧㄡ}這_{ㄓㄜ}個_{ㄍㄜ}違_{ㄨㄟ}背_{ㄅㄟ}天_{ㄊㄧㄢ}理_{ㄌㄧ}的_{ㄉㄜ}人_{ㄖㄣ}， 他_{ㄊㄚ}不_{ㄅㄨ}再_{ㄗㄞ}像_{ㄒㄧㄤ}從_{ㄘㄨㄥ}前_{ㄑㄧㄢ}一_ㄧ樣_{ㄧㄤ}的_{ㄉㄜ}對_{ㄉㄨㄟ}待_{ㄉㄞ}我_{ㄨㄛ}， 到_{ㄉㄠ}底_{ㄉㄧ}什_{ㄕㄜ}麼_{ㄇㄜ}時_ㄕ候_{ㄏㄡ}他_{ㄊㄚ}才_{ㄘㄞ}會_{ㄏㄨㄟ}定_{ㄉㄧㄥ}下_{ㄒㄧㄚ}心_{ㄒㄧㄣ}來_{ㄌㄞ}？ 像_{ㄒㄧㄤ}從_{ㄘㄨㄥ}前_{ㄑㄧㄢ}那_{ㄋㄚ}樣_{ㄧㄤ}的_{ㄉㄜ}照_{ㄓㄠ}顧_{ㄍㄨ}我_{ㄨㄛ}。

　　天上的日月啊！只有這個違背天理的人，不再和我重修舊好。到底什麼時候他才會定下心來？回報我的一片深情。天上的日月啊！每天都從東方升起，從不改變。只有這個違背天理的人，品德這麼差，到底什麼時候他才會定下心來？

　　我日夜期盼，等了一天又一天，如今只好死了這條心，也不必再指望他會回頭了。

153

語詞大觀園

從故事情境描述的文字裡，找出你能了解、欣賞的語詞，抄寫幾個於格子中，灰字為參考詞。

溫	暖					
大	地	萬	物			
重	修	舊	好			

文字妙迷宮

請用格子裡的字詞接龍，接出你所知道的好詞，可從上往下，下往上，左至右，右至左，或斜向的直線延伸。

	心					
		灰				
			意			
	語	冷	言	冷		

原文欣賞

日居月諸①！　照臨下土。　乃如之人兮！

逝不古處②。　胡能有定③？　寧不我顧！

日居月諸！　下土是冒④。　乃如之人兮！

逝不相好⑤。　胡能有定？　寧不我報⑥！

日居月諸！　出自東方。　乃如之人兮！

德音⑦無良⑧。　胡能有定？　俾也可忘⑨！

【詩經‧邶風‧日月】

文字翻譯機

日居月諸 ①：呼喊日月，如天啊！地啊！「居」和
　　　　　「諸」是語助詞，無意義。句義為感嘆
　　　　　時光的消逝。

古處 ②：原來的相處方式。

胡 ③：何？

冒 ④：覆蓋。

相好 ⑤：和好如初。

我報 ⑥：回報我。

德音 ⑦：品德。

無良 ⑧：不好的行為。

俾 ⑨：使。

創意寫生簿

小朋友，這篇詩經帶給你什麼感覺，讓你有什麼體會呢？你的腦中又浮現什麼東西？不必在意畫得對不對，或畫得好不好，盡情的自己把想法畫出來吧！

換我說故事

請小朋友試著用摘錄的語詞造句，說一說這個故事的大意。

這是一個被丈夫背叛的女人在發牢騷，本來希望丈夫和她重修舊好，等到心灰意冷，決定不再繼續等了。

19 匏有苦葉

　　秋天到了， 葫蘆瓜採收以後， 葉子開始枯萎了， 有婚嫁約定的人此時應該碰面， 但是， 爲什麼男方還沒來？ 女孩到了濟水的渡口左顧右盼， 就是沒看到她的未婚夫， 她想： 如果是濟水水色變深， 則會攜帶砂礫， 水色變淺， 則是漲潮， 也還不致於影響婚期， 特別是聽到了水鳥在岸邊鳴叫， 她更認定未婚夫一定會來。

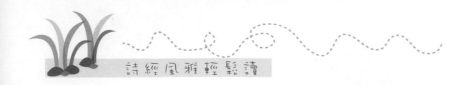

詩經風雅輕鬆讀

語詞大觀園

從故事情境描述的文字裡，找出你能了解、欣賞的語詞，抄寫幾個於格子中，灰字為參考詞。

枯	萎					
未	婚	夫				
左	顧	右	盼			

文字妙迷宮

請用格子裡的字詞接龍，接出你所知道的好詞，可從上往下，下往上，左至右，右至左，或斜向的直線延伸。

	如	期	赴	約	
			湯		
			蹈		
			火		

原文欣賞

匏ㄆㄠˊ有ㄧㄡˇ苦ㄎㄨˇ葉ㄧㄝˋ①， 濟ㄐㄧˋ有ㄧㄡˇ深ㄕㄣ涉ㄕㄜˋ②。

深ㄕㄣ則ㄗㄜˊ厲ㄌㄧˋ③， 淺ㄑㄧㄢˇ則ㄗㄜˊ揭ㄑㄧˋ④。

有ㄧㄡˇ瀰ㄇㄧˊ濟ㄐㄧˋ盈ㄧㄥˊ⑤， 有ㄧㄡˇ鷕ㄧㄠˇ雉ㄓˋ鳴ㄇㄧㄥˊ⑥⑦。

濟ㄐㄧˋ盈ㄧㄥˊ不ㄅㄨˋ濡ㄖㄨˊ軌ㄍㄨㄟˇ⑧， 雉ㄓˋ鳴ㄇㄧㄥˊ求ㄑㄧㄡˊ其ㄑㄧˊ牡ㄇㄨˇ⑨。

【詩ㄕ經ㄐㄧㄥ‧邶ㄅㄟˋ風ㄈㄥ‧匏ㄆㄠˊ有ㄧㄡˇ苦ㄎㄨˇ葉ㄧㄝˋ】

文字翻譯機

匏有苦葉 ①：葫蘆瓜的枯葉。

濟有深涉 ②：「濟」是河水名，「涉」是河的渡口。

厲 ③：帶，攜帶。

揭 ④：高舉。

瀰 ⑤：水勢浩大，一片茫茫。

雝 ⑥：野雞叫的聲音。

雉鳴 ⑦：野雞的叫聲。

濡軌 ⑧：「濡」是濕了，「軌」是車的兩旁。

牡 ⑨：雄性動物。

創意寫生簿

小朋友，這篇詩經帶給你什麼感覺，讓你有什麼體會呢？你的腦中又浮現什麼東西？不必在意畫得對不對，或畫得好不好，盡情的自己把想法畫出來吧！

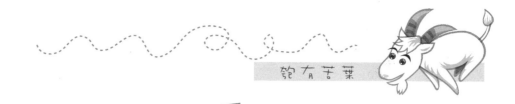

換我說故事

請小朋友試著用摘錄的語詞造句，說一說這個故事的大意。

秋天浪漫的氣氛下，有婚約的女子等待未婚夫來看她，在渡船口左顧右盼，總是失望的回家。

20 終風

　　夫妻吵架往往會口不擇言的怒罵、諷刺挖苦，看對方笑話，表面上誰也不讓誰，心裡卻是隱隱作痛。但是，古代的女人總是忍耐著以夫為貴，吵架過後，雖然心情受到影響，被氣得跑回娘家，最後還是希望丈夫來接她，如果，做丈夫的卻又要來不來，對妻子愛理不理的，就會讓妻子不知如何是好。

　　這種沉悶的心情，讓人煩惱，天天都睡不好，打個噴嚏都想成是丈夫在思念她，會來接她回去。

　　即使天色陰暗，聽見雷聲，妻子也以為再

不久就會雨過天青，和好如初了，或許，就讓這種等待和想念一直保持下去吧！

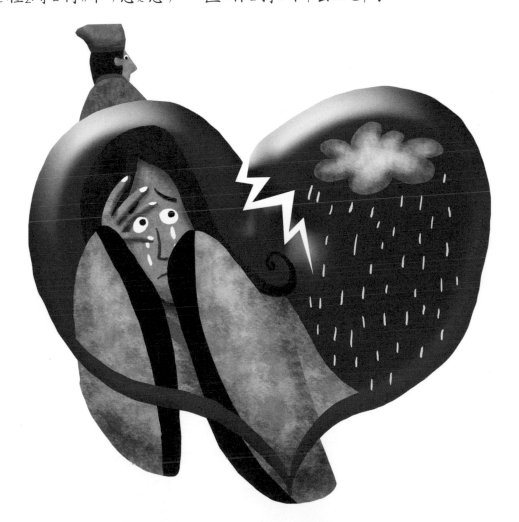

語詞大觀園

從故事情境描述的文字裡，找出你能了解、欣賞的語詞，抄寫幾個於格子中，灰字為參考詞。

打	噴	嚏					
諷	刺	挖	苦				
雨	過	天	青				

文字妙迷宮

請用格子裡的字詞接龍，接出你所知道的好詞，可從上往下，下往上，左至右，右至左，或斜向的直線延伸。

			閤			
	歡	喜	冤	家		
				光		
				臨		

原文欣賞

終風且暴①②， 顧我則笑③。

謔浪笑敖④， 中心是悼⑤！

終風且霾⑥， 惠然肯來⑦。

莫往莫來， 悠悠我思！

終風且曀⑧， 不日有曀。

寤言不寐， 願言則嚏⑨。

曀曀其陰， 虺虺其靁⑩。

寤言不寐， 願言則懷⑪。

【詩經‧邶風‧終風】

文字翻譯機

終風 ①：暴風。

暴 ②：爭吵。

顧 ③：看。

謔浪笑敖 ④：戲謔、放蕩而驕慢。

悼 ⑤：哀傷。

霾 ⑥：風吹過以後的塵土飛揚。

惠然肯來 ⑦：順服的來。

曀 ⑧：陰暗，陰晦有風的天氣。

嚏 ⑨：打噴嚏，民俗說法是有人在想你。

虺虺其靁 ⑩：將打雷而未震的聲音，如悶雷。

懷 ⑪：一種思念的情懷。

創意寫生簿

小朋友，這篇詩經帶給你什麼感覺，讓你有什麼體會呢？你的腦中又浮現什麼東西？不必在意畫得對不對，或畫得好不好，盡情的自己把想法畫出來吧！

換我說故事

請小朋友試著用摘錄的語詞造句，說一說這個故事的大意。

古時候的女人和丈夫吵架都得忍耐，即使丈夫沒去接她回家，她仍期待著很快
就雨過天青。

綠衣

　　看到那綠衣-黃裙，　不禁對逝去的她想念不已，　再看看她生前為我準備的精緻衣-服，　就更無法不想念她的賢淑，　對我無微不至的照顧，　簡直找不出一點缺點。　在夏天的此時，　吹來一股涼風，　因為思念遠去的她，　都感覺那風十分的淒涼呢！

語詞大觀園

從故事情境描述的文字裡，找出你能了解、欣賞的語詞，抄寫幾個於格子中，灰字為參考詞。

不	禁					
逝	去					
無	微	不	至			

文字妙迷宮

請用格子裡的字詞接龍，接出你所知道的好詞，可從上往下，下往上，左至右，右至左，或斜向的直線延伸。

			溫			
	懷	念	故	人		
			知			
			新			

原文欣賞

綠兮衣兮①，綠衣黃裡。

心之憂矣，曷維其已②③！

綠兮衣兮，綠衣黃裳④。

心之憂矣，曷維其亡⑤！

綠兮絲兮⑥，女所治兮⑦。

我思古人，俾無訧兮⑧⑨！

絺兮綌兮⑩⑪，淒其以風⑫。

我思古人，實獲我心。

【詩經‧邶風‧綠衣】

文字翻譯機

兮 ①：語助詞，無意義。

曷維 ②：何時？

已 ③：停止，結束。

綠衣黃裳 ④：古代下身穿的衣服稱為「裳」，這裡是
說綠色上衣，黃色裙子。

亡 ⑤：消失，不見。

絲 ⑥：布的質料。

治 ⑦：製作。

俾 ⑧：使。

訧 ⑨：過錯。

絺 ⑩：夏天涼爽細緻的布料做的衣服。絺，細布。

綌 ⑪：粗布。

淒 ⑫：淒涼、寒冷。

創意寫生簿

小朋友，這篇詩經帶給你什麼感覺，讓你有什麼體會呢？你的腦中又浮現什麼東西？不必在意畫得對不對，或畫得好不好，盡情的自己把想法畫出來吧！

換我說故事

請小朋友試著用摘錄的語詞造句，說一說這個故事的大意。

丈夫思念逝去的妻子，他看到衣服就想起她從前的無微不至，連夏天吹來一股
涼風都有凄涼的味道。

22 燕燕

春夏之交，燕子前後相隨，飛來飛去和樂融融，我送一位好朋友回去故鄉，一直送行到郊外，望著漸漸遠去的友人，忍不住落淚，因為我們相處融洽得像是一家人，為了某種原因不得不分別。

天空的燕子飛上飛下，離別的傷心和不捨，也就不必再多說了，兩人對看，眼淚不停的流出來，直到必須停止腳步。聽著燕子高高低低的鳴唱，目送他背影逐漸消失，我還探著頭極目望向遠方的人影，回家後，一定還會傷心好一陣子，才能撫平離情。

詩經風雅輕鬆讀

語詞大觀園

從故事情境描述的文字裡，找出你能了解、欣賞的語詞，抄寫幾個於格子中，灰字為參考詞。

和	樂	融	融				
目	送	背	影				
漸	漸	消	失				

文字妙迷宮

請用格子裡的字詞接龍，接出你所知道的好詞，可從上往下，下往上，左至右，右至左，或斜向的直線延伸。

			靠			
	離	情	依	依		
			相			
			互			

原文欣賞

燕燕于飛，　差池其羽①。

之子于歸，　遠送于野。

瞻望②弗及，　泣涕如雨。

燕燕于飛，　頡③之頏④之。

之子于歸，　遠于將之。

瞻望弗及，　佇立以泣。

燕燕于飛，　下上其音⑤。

之子于歸，　遠送于南⑥。

瞻望弗及，　實勞我心⑦。

【詩經·邶風·燕燕】

文字翻譯機

差池 ①：前後相隨，參差不齊。

瞻望 ②：向前遠望。

頡 ③：鳥往上飛。

頏 ④：鳥往下飛。

下上其音 ⑤：燕子邊飛邊高低鳴叫的聲音。鳴而上，
叫「上音」，鳴而下，叫「下音」。

南 ⑥：方向。

勞 ⑦：傷神。

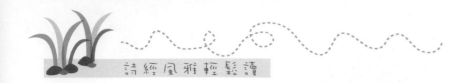

創意寫生簿

小朋友，這篇詩經帶給你什麼感覺，讓你有什麼體會呢？你的腦中又浮現什麼東西？不必在意畫得對不對，或畫得好不好，盡情的自己把想法畫出來吧！

換我說故事

請小朋友試著用摘錄的語詞造句，說一說這個故事的大意。

兩個情同手足的人要分離，倆人一路上看到燕子快樂的飛翔，想到再也不能天

天相處，就傷心得相對流淚。

簡兮

　　當鼓聲響起，　各種宮廷舞者就輪番上場。
雖然日正當中，　但跳舞的人個個高大健美，　在
那莊嚴盛大的場合，　舉手投足、　行禮如儀，　左
手拿笛，　右手持翎，　無論是柔美的文舞、　騎馬
出巡的威武，　都讓人看到了結合陽剛與陰柔之
美的舞姿，　舞者的臉色紅潤泛著水光，　跳完一
齣舞樂以後，　主人立刻高興得賜酒給舞者喝。

　　山上的矮樹長有榛果，　低溼的地方長著甘
草，　但是這些氣質優雅、　舞藝高超的人，　多麼
令人難忘啊！　一定是來自西周的高人。

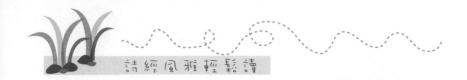

詩經風雅輕鬆讀

語詞大觀園

從故事情境描述的文字裡，找出你能了解、欣賞的語詞，抄寫幾個於格子中，灰字為參考詞。

健	美						
莊	嚴						
舉	手	投	足				

文字妙迷宮

請用格子裡的字詞接龍,接出你所知道的好詞,可從上往下,下往上,左至右,右至左,或斜向的直線延伸。

	行					
		禮				
			如			
	合	乎	禮	儀		

原文欣賞

簡ㄐㄧㄢˇ兮ㄒㄧ簡ㄐㄧㄢˇ兮ㄒㄧ①，　方ㄈㄤ將ㄐㄧㄤ萬ㄨㄢˋ舞ㄨˇ。

日ㄖˋ之ㄓ方ㄈㄤ中ㄓㄨㄥ，　在ㄗㄞˋ前ㄑㄧㄢˊ上ㄕㄤˋ處ㄔㄨˋ。

碩ㄕㄨㄛˋ人ㄖㄣˊ侯ㄩˊ侯ㄩˊ②，　公ㄍㄨㄥ庭ㄊㄧㄥˊ萬ㄨㄢˋ舞ㄨˇ③。

有ㄧㄡˇ力ㄌㄧˋ如ㄖㄨˊ虎ㄏㄨˇ，　執ㄓˊ轡ㄆㄟˋ如ㄖㄨˊ組ㄗㄨˇ④⑤。

左ㄗㄨㄛˇ手ㄕㄡˇ執ㄓˊ籥ㄩㄝˋ⑥，　右ㄧㄡˋ手ㄕㄡˇ秉ㄅㄧㄥˇ翟ㄉㄧˊ⑦。

赫ㄏㄜˋ如ㄖㄨˊ渥ㄨㄛˋ赭ㄓㄜˇ⑧⑨，　公ㄍㄨㄥ言ㄧㄢˊ錫ㄒㄧˋ爵ㄐㄩㄝˊ⑩。

山ㄕㄢ有ㄧㄡˇ榛ㄓㄣ⑪，　隰ㄒㄧˊ有ㄧㄡˇ苓ㄌㄧㄥˊ⑫⑬。

云ㄩㄣˊ誰ㄕㄟˊ之ㄓ思ㄙ，　西ㄒㄧ方ㄈㄤ美ㄇㄟˇ人ㄖㄣˊ⑭。

彼ㄅㄧˇ美ㄇㄟˇ人ㄖㄣˊ兮ㄒㄧ，　西ㄒㄧ方ㄈㄤ之ㄓ人ㄖㄣˊ兮ㄒㄧ。

【詩ㄕ經ㄐㄧㄥ・邶ㄅㄟˋ風ㄈㄥ・簡ㄐㄧㄢˇ兮ㄒㄧ】

文字翻譯機

簡兮 ①：形容鼓聲。

碩人俁俁 ②：高大健美的人。

公庭 ③：莊嚴正式的場合。

轡 ④：控制牛、馬等牲口的韁繩。

組 ⑤：熟練的手法，毫不含糊。

籥 ⑥：樂器，笛。

翟 ⑦：野雞、野鳥的羽毛。

赫 ⑧：盛紅的樣子。

渥赭 ⑨：臉色紅潤泛著水光。

錫爵 ⑩：公侯用的酒杯。

榛 ⑪：榛子，榛果，樹矮結小果子。

隰 ⑫：水邊。

苓 ⑬：甘草。

西方美人 ⑭：西周的好人，品德舞藝優秀的人。

創 意 寫 生 簿

小朋友，這篇詩經帶給你什麼感覺，讓你有什麼體會呢？你的腦中又浮現什麼東西？不必在意畫得對不對，或畫得好不好，盡情的自己把想法畫出來吧！

換我說故事

請小朋友試著用摘錄的語詞造句，說一說這個故事的大意。

這是在描寫古代宮廷樂舞的柔美和威武，舞者舉手投足都令人難忘，怪不得主

人立刻賜酒給舞者。

君子偕老

　　君王牽著穿戴整齊的后妃一起走出來，她的衣服華麗、合身，氣質更是雍容華貴。但是，后妃的內心卻沒有外表那麼好呢！她的衣著花紋鮮豔美麗，又多

又黑的假髮上裝飾著精緻像鳥的髮飾，步態婀娜多姿，白嫩的額頭看不出一點歲月的痕跡，真不知這美麗的外在是如何形成的？真讓人不解！

語詞大觀園

從故事情境描述的文字裡，找出你能了解、欣賞的語詞，抄寫幾個於格子中，灰字為參考詞。

穿	戴	整	齊				
婀	娜	多	姿				
雍	容	華	貴				

文字妙迷宮

請用格子裡的字詞接龍，接出你所知道的好詞，可從上往下，下往上，左至右，右至左，或斜向的直線延伸。

	雍	容	華	貴	
		貌			
		端			
		莊			

原文欣賞

君子偕老①，　副笄六珈②。

委委佗佗③，　如山如河，　象服④是宜⑤。

子之不淑⑥，　云如之何？

玼兮玼兮⑦，　其之翟⑧也。

鬒髮如雲⑨，　不屑髢也⑩，　玉之瑱也⑪，

象之揥也⑫，　揚且之皙也⑬。

胡然而天也？　胡然而帝⑭也？

【詩經 · 鄘風 · 君子偕老】

文字翻譯機

偕 ①：一起，牽手。

副笄六珈 ②：婦人用的首飾。

委委佗佗 ③：雍容自得的樣子。

象服 ④：用繪畫裝飾的衣服，是古代王后夫人的禮服。

宜 ⑤：衣服合身。

淑 ⑥：端正，好。

玼兮玼兮 ⑦：花紋鮮麗，好美呀！

翟 ⑧：繪有翟雉形狀的祭服。

鬒髮 ⑨：烏亮濃密的頭髮。

髢 ⑩：假髮。

瑱 ⑨：玉耳墜，搖晃生姿的。

揥 ⑩：象牙和獸骨做的髮飾。

揚且之皙 ⑪：白嫩的額頭，「揚」是指額頭。

胡然 ⑫：怎麼？

創意寫生簿

小朋友，這篇詩經帶給你什麼感覺，讓你有什麼體會呢？你的腦中又浮現什麼東西？不必在意畫得對不對，或畫得好不好，盡情的自己把想法畫出來吧！

君子偕老

換我說故事

請小朋友試著用摘錄的語詞造句，說一說這個故事的大意。

一位外表看起來雍容自得的后妃，她的內心並不如表那麼美麗，讓人覺得人的

品德是不能只從外表去判斷。

207

25 桑中

　　在那滿是豐美野菜、充滿特色的沫鄉，誰是我心中想念的人？美麗的孟姜，和我約了在桑中相見，邀我和她去上宮遊玩，還要送我到淇河，這美麗的時節啊！多麼令人嚮往。

語詞大觀園

從故事情境描述的文字裡，找出你能了解、欣賞的語詞，抄寫幾個於格子中，灰字為參考詞。

想	念					
美	麗					
嚮	往					

文字妙迷宮

請用格子裡的字詞接龍，接出你所知道的好詞，可從上往下，下往上，左至右，右至左，或斜向的直線延伸。

	令				
	人				
		嚮			
	既	往	不	咎	

原文欣賞

爰ㄩㄢˊ采ㄘㄞˇ唐ㄊㄤˊ矣ㄧˇ？① 沬ㄇㄟˋ之ㄓ鄉ㄒㄧㄤ矣ㄧˇ！②

云ㄩㄣˊ誰ㄕㄟˊ之ㄓ思ㄙ？③ 美ㄇㄟˇ孟ㄇㄥˋ姜ㄐㄧㄤ矣ㄧˇ！④

期ㄑㄧˊ我ㄨㄛˇ乎ㄏㄨ桑ㄙㄤ中ㄓㄨㄥ，⑤⑥ 要ㄧㄠ我ㄨㄛˇ乎ㄏㄨ上ㄕㄤˋ宮ㄍㄨㄥ，⑦⑧

送ㄙㄨㄥˋ我ㄨㄛˇ乎ㄏㄨ淇ㄑㄧˊ之ㄓ上ㄕㄤˋ矣ㄧˇ。⑨

【詩ㄕ經ㄐㄧㄥ・鄘ㄩㄥ風ㄈㄥ・桑ㄙㄤ中ㄓㄨㄥ】

文字翻譯機

爰 ①：問句的開頭，何處？

唐 ②：蒙菜，蔓生植物，又名菟絲子。

鄉 ③：有特色的地方。

思 ④：想念。

期 ⑤：約定時間。

桑中 ⑥：地名。

要 ⑦：邀請。

上宮 ⑧：地名。

淇 ⑨：河流名。

創意寫生簿

小朋友，這篇詩經帶給你什麼感覺，讓你有什麼體會呢？你的腦中又浮現什麼東西？不必在意畫得對不對，或畫得好不好，盡情的自己把想法畫出來吧！

214

換 我 說 故 事

請小朋友試著用摘錄的語詞造句，說一說這個故事的大意。

在一個特別的節慶裡，一個期待約會的人，不停的想著會遇到美麗的女孩。

26 蟋蟀

　　象徵愛情和婚姻的虹出現在東方，
我卻不敢指望。　想當初不顧家人反對，
遠走他鄉嫁給了他，　如今他卻不守約定，
竟然喜新厭舊又娶了別的女人，
我既難過又生氣，　這種
不明白正理的人，
我為什麼不早
一點看清楚？

蟋蟀

語詞大觀園

從故事情境描述的文字裡，找出你能了解、欣賞的語詞，抄寫幾個於格子中，灰字為參考詞。

反	對						
守	約	定					
喜	新	厭	舊				

文字妙迷宮

請用格子裡的字詞接龍，接出你所知道的好詞，可從上往下，下往上，左至右，右至左，或斜向的直線延伸。

	喜					
		新				
			厭			
	知	新	雨	舊		

原文欣賞

蝃蝀①在東，　莫之敢指。

女子有行②，　遠父母兄弟。

朝隮③于西④，　崇朝其雨⑤。

女子有行，　遠父母兄弟。

乃如之人也，　懷⑥昏姻⑦也。

大無信⑧也，　不知命⑨也。

【詩經・鄘風・蝃蝀】

文字翻譯機

蝃蝀 ①：古時稱「虹」為「蝃蝀」，此為愛情與婚姻
　　　的象徵。

行 ②：出嫁。

隮 ③：上升，出現。

西 ④：沒有特別意思，是和東相互呼應。

雨 ⑤：一種淒清的氣氛表達。

懷 ⑥：感念，牽掛。

昏姻 ⑦：婚姻。

信 ⑧：信用，約定。

命 ⑨：正理。

創 意 寫 生 簿

小朋友，這篇詩經帶給你什麼感覺，讓你有什麼體會呢？你的腦中又浮現什麼東西？不必在意畫得對不對，或畫得好不好，盡情的自己把想法畫出來吧！

換我說故事

請小朋友試著用摘錄的語詞造句，說一說這個故事的大意。

因為丈夫喜新厭舊又娶了別人，這位被遺棄的女人很傷心，只能怪自己命不

好，不能早點認清丈夫的為人。

27 有狐

　　獵人出外打獵，　遠遠的看著一隻狐狸在河的對岸涉水，　那狐狸毛茸茸的好漂亮！　獵人想起他的女朋友正缺一件裙子呢，　接著，　狐狸走到河中央的淺灘，　看得更清楚，　獵人又想到女朋友也缺一條腰帶，　這隻狐狸如果做成腰帶送給女友，　那該有多好啊！
等狐狸走到了岸邊，　哇！
好棒的皮毛，　獵人想；
乾脆給女朋友做一件
外套吧！

224

語詞大觀園

從故事情境描述的文字裡，找出你能了解、欣賞的語詞，抄寫幾個於格子中，灰字為參考詞。

獵	人						
毛	茸	茸					

有狐

文字妙迷宮

請用格子裡的字詞接龍，接出你所知道的好詞，可從上往下，下往上，左至右，右至左，或斜向的直線延伸。

	見	獵	心	喜		
				不		
				自		
				勝		

原文欣賞

有狐綏綏①，在彼淇梁②。
心之憂矣，之子無裳③。
有狐綏綏，在彼淇厲④。
心之憂矣，之子無帶⑤。
有狐綏綏，在彼淇側⑥。
心之憂矣，之子無服⑦。

【詩經‧衛風‧有狐】

文字翻譯機

綏綏 ① ：走路遲緩的樣子。

淇梁 ② ：淇河的橋樑。

裳 ③ ：下半身的衣裙。

厲 ④ ：涉渡深水。

帶 ⑤ ：腰帶。

側 ⑥ ：旁邊。

服 ⑦ ：衣服，外套。

創意寫生簿

小朋友，這篇詩經帶給你什麼感覺，讓你有什麼體會呢？你的腦中又浮現什麼東西？不必在意畫得對不對，或畫得好不好，盡情的自己把想法畫出來吧！

換我說故事

請小朋友試著用摘錄的語詞造句，說一說這個故事的大意。

一個時時想著女朋友的獵人，還沒獵到狐狸就想著要送女朋友狐皮大衣，因為狐狸毛茸茸的外表實在太漂亮了。

28 竹竿

　　想起家鄉的那條河， 總是有一些悠閒的人在河邊垂釣， 可惜的是現在離家太遠， 無法立刻回去。 因為我已出嫁遠離家鄉的父老兄弟， 所以， 每當看到和家鄉相似的景物， 總是不由自主的想家， 我還是搭條小船出去散心吧！

竹竿

語詞大觀園

從故事情境描述的文字裡，找出你能了解、欣賞的語詞，抄寫幾個於格子中，灰字為參考詞。

悠	閒					
離	家	太	遠			
父	老	兄	弟			

竹竿

文字妙迷宮

請用格子裡的字詞接龍，接出你所知道的好詞，可從上往下，下往上，左至右，右至左，或斜向的直線延伸。

	思	鄉	之	情		
		音				
		未				
		改				

原文欣賞

籊籊竹竿①，　以釣于淇②。

豈不爾思？　遠莫致之③。

泉源在左，　淇水在右。

女子有行，　遠兄弟父母。

淇水在右，　泉源在左。

巧笑之瑳④，　珮玉之儺⑤。

淇水悠悠⑥，　檜楫松舟⑦。

駕⑧言出遊，　以寫我憂⑨。

【詩經‧衛風‧竹竿】

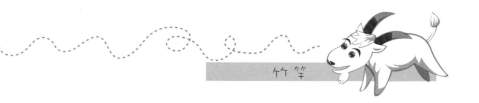

文字翻譯機

籊籊 ①：細細的竹竿像長尾鳥那輕柔的尾巴，指釣竿。

淇 ②：河的名字。

致 ③：到達。

瑳 ④：玉的潔白，比喻女人笑的時候露出一點牙齒的模樣。

儺 ⑤：柔美的面容。

悠悠 ⑥：水流的樣子。

檜楫松舟 ⑦：檜木和松木打造的小船。

駕 ⑧：搭船。

寫 ⑨：同「瀉」，渲洩，排遣。

創意寫生簿

小朋友,這篇詩經帶給你什麼感覺,讓你有什麼體會呢?你的腦中又浮現什麼東西?不必在意畫得對不對,或畫得好不好,盡情的自己把想法畫出來吧!

換我說故事

請小朋友試著用摘錄的語詞造句，說一說這個故事的大意。

一位出嫁到遠方的女子，看見竹竿想起家鄉的父老兄弟，她後來自己搭船出去散心。

碩人

那個高䠶的美人莊姜，不但裝扮高貴，舉止優雅，她還是貴族的親戚，王公的夫人。她的手細膩得就像初生的芽草那樣，皮膚像凝結的油脂般白嫩，眉毛像蛾鬚，柔美極了，頸子像幼小的天牛那樣的白淨修長，牙齒呢？就跟葫蘆籽一樣潔白整齊，前額像小蟬一樣方正光潤，她笑起來真是好看，只露出一點點潔白的牙齒，眼睛溜溜的轉呀！真是標準的大美人。

247

語詞大觀園

從故事情境描述的文字裡，找出你能了解、欣賞的語詞，抄寫幾個於格子中，灰字為參考詞。

高	貴						
舉	止	優	雅				
潔	白	整	齊				

頂人

文字妙迷宮

請用格子裡的字詞接龍，接出你所知道的好詞，可從上往下，下往上，左至右，右至左，或斜向的直線延伸。

	舉	手	投	足		
	止					
	大					
	方					

原文欣賞

碩人①其頎②，　衣錦褧衣④。

齊侯之子⑤，　衛侯之妻，

東宮之妹，　邢侯之姨，　譚公維私。

手如柔荑⑥，　膚如凝脂⑦，

領如蝤蠐⑧，　齒如瓠犀⑨，

螓首蛾眉⑩，　巧笑倩兮⑪，　美目盼兮⑫。

【詩經·衛風·碩人】

文字翻譯機

碩人 ①：指身長苗條的莊姜。

頎 ②：長相。

衣錦 ③：穿得很精緻。

褧衣 ④：外罩的衣服。

侯 ⑤：王族。

柔荑 ⑥：初生的草芽，粉嫩柔軟。

凝脂 ⑦：凝結的油脂，細膩光滑。

蝤蠐 ⑧：天牛的幼體，修長白淨。

瓠犀 ⑨：葫蘆的籽，潔白整齊。

蛾眉 ⑩：眉毛像蛾鬚那樣。

倩 ⑪：笑起來時，肌肉牽動著很好看的樣子。

盼 ⑫：眼神流轉。

創意寫生簿

小朋友，這篇詩經帶給你什麼感覺，讓你有什麼體會呢？你的腦中又浮現什麼東西？不必在意畫得對不對，或畫得好不好，盡情的自己把想法畫出來吧！

換我說故事

請小朋友試著用摘錄的語詞造句,說一說這個故事的大意。

高眺的美人出身自貴族,她的美不只是五官,還有舉止優雅,令人一見難忘。

30 駉

在遠郊的草原，有一群駿馬奔跑過來，每一匹公馬看起來都又肥又壯，有黑色的、黃白相間的、兩股間有白毛黑身白胯的馬、層次非常好看，看著牠們奔跑在草原上，有著威武雄壯的氣勢，轟隆隆的聲音，令人感到震懾，這一定是一群優秀的馬兒，只有思考周密、做事細膩的人，才馴養得出這種好馬！

語詞大觀園

從故事情境描述的文字裡，找出你能了解、欣賞的語詞，抄寫幾個於格子中，灰字為參考詞。

遠	郊					
駿	馬					
黃	白	相	間			

文字妙迷宮

請用格子裡的字詞接龍，接出你所知道的好詞，可從上往下，下往上，左至右，右至左，或斜向的直線延伸。

	萬				
	無	馬			
	一		奔		
	失			騰	

詩經風雅輕鬆讀

原文欣賞

駉ㄐㄩㄥ駉ㄐㄩㄥ①牡ㄇㄨˇ馬ㄇㄚˇ②，在ㄗㄞˋ坰ㄐㄩㄥ之ㄓ野ㄧㄝˇ③。薄ㄅㄛˊ言ㄧㄢˊ駉ㄐㄩㄥ者ㄓㄜˇ！

有ㄧㄡˇ驈ㄩˋ④有ㄧㄡˇ皇ㄏㄨㄤˊ⑤，有ㄧㄡˇ驪ㄌㄧˊ有ㄧㄡˇ黃ㄏㄨㄤˊ，以ㄧˇ車ㄐㄩ彭ㄆㄤ彭ㄆㄤ⑥！

思ㄙ無ㄨˊ疆ㄐㄧㄤ⑦！思ㄙ馬ㄇㄚˇ斯ㄙ臧ㄗㄤ⑧。

【詩ㄕ經ㄐㄧㄥ・魯ㄌㄨˇ頌ㄙㄨㄥˋ・駉ㄐㄩㄥ】

文字翻譯機

駉駉 ①：又肥又壯的馬。

牡 ②：雄性，公的。

坰 ③：遠郊，戶外空曠的地方。

驈 ④：兩股間有白毛的黑馬。

皇 ⑤：黃白相間的馬。

彭彭 ⑥：響亮的節奏。

疆 ⑦：範圍。

臧 ⑧：善。

創意寫生簿

小朋友，這篇詩經帶給你什麼感覺，讓你有什麼體會呢？你的腦中又浮現什麼東西？不必在意畫得對不對，或畫得好不好，盡情的自己把想法畫出來吧！

馴

換我說故事

請小朋友試著用摘錄的語詞造句,說一說這個故事的大意。

有一群馬在草原上奔跑,氣勢威武雄壯,這一定是王公貴族出巡才有的陣丈。

推動古文經典的團體有哪些？

近十年來，讀經、唱詩、欣賞古文的復古之風已經吹遍全球各地的華人社會，各級學校也有家長志願帶領讀經班，以下提供一些推廣單位的聯絡電話和網站給大家參考。

■ **華山書院讀經推廣中心**
電話：(02)2949-6834、29496394
傳真：(02)2944-9589

■ **台北縣讀經學會**
電話：(02)26812657

■ **福智文教基金會**
電話：台北(02)25452546　台中(04)23261600
網址：www.bwmc.org.tw

■ **財團法人賴許柔文教基金會**
電話：(02)23705966
地址：台北市忠孝東路一段50號23樓8室

除了以上的單位，下面的單位也會有不定期的兒童讀經班開課，但由於很多屬於班級經營，課程經常會隨著孩子的畢業而中斷，招生資訊也多半是以社區小朋友為對象，通常並不對外公開，有興趣的家長或朋友要努力打聽一下才會知道喔！

■ 各地孔廟。

■ 各小學愛心家長帶領的晨間讀經班。

■ 坊間一些安親班，也有的會附設兒童讀經班。

■ 一些佛教的精舍，也會開辦讀經班，不只讀佛經，也讀四書五經。

106-□□
台北市新生南路三段88號5樓之6

揚智文化事業股份有限公司　　收

□□□-□□
地址：　　　市縣　　鄉鎮市區　　路街　段　巷　弄　號　樓
姓名：

Leaves
Publishing

 書號 L8304　　 書名 詩經風雅輕鬆讀

葉子出版股份有限公司

讀 · 者 · 回 · 函

感謝您購買本公司出版的書籍。

爲了更接近讀者的想法，出版您想閱讀的書籍，在此需要勞駕您詳細爲我們填寫回函，您的一份心力，將使我們更加努力！！

1.姓名：_____

2.性別：□男 □女

3.生日／年齡：西元_____ 年_____月 _____ 日___歲

4.教育程度：□高中職以下 □專科及大學 □碩士 □博士以上

5.職業別：□學生□服務業□軍警□公教□資訊□傳播□金融□貿易
　　　　　□製造生產□家管□其他_____

6.購書方式／地點名稱：□書店_____□量販店_____□網路_____□郵購_____
　　　　　　　　　　　□書展_____□其他____

7.如何得知此出版訊息：□媒體_____□書訊_____□書店_____□其他_____

8.購買原因：□喜歡作者□對書籍內容感興趣□生活或工作需要□其他

9.書籍編排：□專業水準□賞心悅目□設計普通□有待加強

10.書籍封面：□非常出色□平凡普通□毫不起眼

11. E - mail：_____

12喜歡哪一類型的書籍：_____

13.月收入：□兩萬到三萬□三到四萬□四到五萬□五萬以上□十萬以上

14.您認為本書定價：□過高□適當□便宜

15.希望本公司出版哪方面的書籍：_____

16.本公司企劃的書籍分類裡，有哪些書系是您感到興趣的？

□忘憂草（身心靈）□愛麗絲（流行時尚）□紫薇（愛情）□三色菫（財經）

□ 銀杏（健康）□風信子（旅遊文學）□向日葵（青少年）

17.您的寶貴意見：

_____

☆填寫完畢後，可直接寄回（免貼郵票）。

　我們將不定期寄發新書資訊，並優先通知您

　其他優惠活動，再次感謝您！！

Leaves
Publishing

根
以讀者爲其根本

莖
用生活來做支撐

葉
引發思考或功用

果
獲取效益或趣味